PAPIER FRESSERCHEN
MINI-VERLAG
DIE BÜCHER MIT DEM DRACHEN

Impressum:

Alle weiteren Personen und Handlungen des Buches sind frei erfunden.
Ähnlichkeiten mit lebenden oder verstorbenen Personen sind
zufällig und nicht beabsichtigt.

Besuchen Sie uns im Internet:
www.papierfresserchen.de

© 2018 – Papierfresserchens MTM-Verlag
Mühlstr. 10, 88085 Langenargen
info@papierfresserchen.de
Alle Rechte vorbehalten.
Erstauflage 2018

Das Werk einschließlich aller seiner Teile ist urheberrechtlich geschützt.

Cover gestaltet mit Bildern von © VRD, © Eisenhans, © Manuel
alle lizensiert Adobe Stock
Gedruckt in der EU
ISBN: 978-3-86196-753-8 - Taschenbuch
ISBN: 978-3-96074-257-9 - E-Book

Bearbeitung: CAT creativ - www.cat-creativ.at

366 Tage vom Himmel entfernt

SINA WUNDERLICH

„Jeder Tag ist wie eine neue Seite

im Roman deines Lebens

und nur du bestimmst,

wie die Geschichte weitergeht ...“

Für dich...

Prolog

Der Wind bläst meine Haare zurück.
Das dunkelblaue Kleid weht wild hin und her.
Meine nackten Füße berühren den kalten Steinboden.
Kleine Kieselsteine stechen in meine Fußsohlen.
Knappe zwei Schritte nach vorne
und ich werde viele Meter in die Tiefe stürzen.
Ich könnte mir das Leben nehmen.
In 366 Tagen werde ich eh sterben.
Doch ich tue es nicht.

Ich begegnete in meinem Leben bis jetzt dreimal dem Tod. Schon nach den ersten beiden Begegnungen wusste ich, dass der Tod keine wirklich nette Gesellschaft war. Alle um einen herum trauern, tragen Schwarz und sogar sonst sehr starke Menschen haben Tränen in den Augen. Auch Männer!

In diesen Momenten bin ich dem Tod allerdings nur passiv über den Weg gelaufen. Jedoch kam es leider zu einer dritten Begegnung. Und dieses Mal stand er mir frontal gegenüber und schaute mich mit seinen pechschwarzen, düsteren Augen an.

Viele denken jetzt vielleicht, ich sei verrückt, weil ich den Tod als menschliches Wesen sehe, doch so kann ich meine Gefühle zu ihm besser beschreiben. Außerdem, wie soll ich sonst den Tod besiegen, wenn ich ihn nicht als menschliches Wesen betrachte?

Morgen in einem Jahr soll ich sterben. Ein seltsames Gefühl ist es schon. Auf den Tag genau zu wissen, wann man sterben wird. Und alles nur, weil die Ärzte bei mir Krebs festgestellt haben. Manchmal habe ich das Gefühl, dass das Leben nicht fair ist. Doch das ist es noch nie gewesen. Nicht in meinem Fall.

Wenn ich ehrlich bin, habe ich Angst vor dem Tod. Wie es sich wohl anfühlt zu sterben? Genau dieser Gedanke ängstigt mich.

Nicht zu wissen, wie es sich anfühlt und was danach sein wird. Alles, was ich nicht planen kann, erschreckt mich im ersten Moment. Doch ich sollte keine Angst vor dem Tod haben. Denn ich werde so oder so sterben. Egal, ob heute, in 366 Tagen oder wenn ich alt und schrumpelig bin.

Langsam und behutsam strecke ich die Arme
wie Flügel zu den Seiten hin aus.
Ich schließe die Augen.
Ich kann das Meer rauschen hören.
Die Wellen schlagen gegen die Felsen.
Das Kreischen der Möwen bleibt lange in meinen Ohren hängen.
Eine Minute vergeht.
Die Wellen werden flacher
und der Wind peitscht nicht mehr ganz so stark.
Ich gehe einen Schritt nach vorne.

TEIL 1

Diana

Oktober 2015

Ich schaute durch das Fenster und das Einzige, was ich sah, waren Menschen. Menschen, die alle gleich aussahen. Menschen, die, von früh bis spät den Blick auf das Handy gerichtet, durch die Straßen hetzten. Die komplette Welt da draußen war durchgetaktet. Die Zeit rannte und die Menschen mit ihr. Es war grau und neblig. Männer mit schwarzen Anzügen und Aktentaschen, beständig nervös auf die Uhr blickend, rannten zum Bahnhof oder zum nächsten Büro. Ich mochte die Welt außerhalb unseres kleinen Buchladens nicht besonders. Hier gab es Bücher, die mich in ihre Welten zogen und mich die graue, einheitliche Realität vergessen ließen.

Die Ladenglocke riss mich aus meinen Gedanken. Frau Delune, unsere Stammkundin, stand vor mir. Ihre grauen Haare waren wie immer zerzaust, aber dieses Mal zu einem Dutt nach oben gesteckt. Schon seit Jahren kaufte sie mindestens einmal in der Woche ein Buch hier. Mir war bis heute nicht klar, wo sie all diese Bücher verstaute.

„Oh, Fräulein Clarke, es freut mich, Sie zu sehen.“

„Die Freude ist ganz meinerseits, Frau Delune“, erwiderte ich.

Sie brachte ein schwaches Lächeln hervor. „Ich brauche ganz dringend eine neue Lektüre. Die letzte war ganz schrecklich.“

Ich zog die Augenbrauen hoch. Ich erinnerte mich genau daran, was ich ihr als Letztes verkauft hatte. Es war ein kleines dünnes Buch gewesen, ein Thriller. Ich hatte ihn selbst einmal gelesen und war mir eigentlich sicher, dass er Frau Delune gefallen würde. Normalerweise las sie viel schlimmere Bücher.

„Was war denn so schrecklich, wenn ich fragen darf?“, erkundigte ich mich.

„Aber natürlich dürfen Sie das, es war schließlich ein Buch aus Ihrem Laden. Zunächst dachte ich, es wäre gut, doch stellen Sie sich vor, am Ende fehlten ein paar Seiten. So wusste ich nicht, wie die Geschichte ausging, und habe mir nächtelang den Kopf darüber zerbrochen."

Ihre Aussage erstaunte mich. So eine Klage hatte ich noch nie gehört. „Das ist seltsam. Ich hätte schwören können, dass das Buch vollständig war, als ich es das letzte Mal in den Händen hatte. Ich habe noch eine andere Auflage hinten im Lager. Wollen Sie darin vielleicht das Ende der Geschichte lesen?"

Sie lächelte erneut und auch ihre alten Augen begannen wieder zu strahlen. Diese waren so dunkelblau, dass man sich darin verlor. Nur wenn etwas nicht mit ihr stimmte, verströmten sie eine gewisse Trübheit. „Nein, Liebes, das ist aber sehr nett von Ihnen! Manchmal wünschte ich, ich wäre früher auch so ein liebes Mädchen gewesen. Das Leben wäre so viel einfacher gewesen."

Ihr Blick richtete sich auf die weiße Wand hinter mir und ich hatte das Gefühl, sie dächte an früher. Ich wusste nichts über diese Frau, abgesehen von ihrem Nachnamen. Ich hatte keinen blassen Schimmer, wie ihr früheres Leben abgelaufen war. Doch so wie es aussah, war ihre Vergangenheit nicht allzu schön, da ihr dieser Gedanke das Lächeln aus dem Gesicht gewischt hatte.

Sie schüttelte die Erinnerung ab und schaute mich wieder an. „Na ja, ich brauche jedenfalls etwas Neues zum Lesen."

Nach einer guten Stunde ging Frau Delune mit drei Büchern in ihrer roten Handtasche aus dem Laden. Ich holte mir eine Tasse heißen Kaffee und setzte mich in meinen Lieblingssessel. Groß, weich, perfekt. Nachdem ich die Schule vor zwei Jahren abgeschlossen hatte, war ich jeden Tag hier gesessen. Ich sollte meinen Eltern im Laden helfen, bis es ihnen besser ginge. Erst danach dürfte ich studieren, erklärten sie mir oft.

In meiner Schulzeit war ich oft Streberin genannt worden. In fast jeder Klausur volle Punktzahl. Doch ohne Arbeit war dieser Erfolg nicht zustande gekommen. Jeden Tag war ich hier in diesem Sessel gesessen und hatte gelernt. Bis spät in die Nacht hinein.

Ich war nicht die beliebteste Person in der Schule gewesen. Die meisten Jungs fanden mich hübsch, da war ich zwar schon immer anderer Meinung gewesen, aber mich fragte ja niemand. Doch weil ich fast nie Zeit hatte und immer lernte (ohne Ausnahme), verloren viele Leute das Interesse an mir. Ich hatte eine beste Freundin, die immer auf meiner Seite stand, allerdings war sie vor einem Jahr nach Irland gezogen, um dort zu studieren. Mit Jungs hatte ich nie wirklich viel zu tun gehabt. Und so hatte ich in den letzten zwei Jahren viel zu viel Freizeit genossen.

Die Ladenglocke ertönte. Überrascht schaute ich auf. Außer Frau Delune hatten wir eigentlich keine Stammgäste. Nur selten bog jemand in die enge Seitenstraße ein und betrat unseren Laden. Ich lächelte. Vor mir stand Mila. Ich kannte sie schon seit meiner Kindheit und oft kam sie mich besuchen, um mir das Neueste zu erzählen. Wir kannten einander viel zu gut. Sie war für mich so etwas wie eine kleine Schwester.

Ich stellte meinen Kaffee im nächstgelegenen Regal ab und stand auf, um sie zu begrüßen.

„Entschuldige bitte, ich wollte dich nicht aus deinen Gedanken reißen", brachte sie lachend hervor.

Nach guten zwei Stunden ging uns der Gesprächsstoff aus und wir schwiegen eine Weile. Sie schaute mich an und ich wusste genau, was sie hören wollte. „Erzählst du sie mir noch einmal?"

Als hätte ich das nicht schon oft genug getan ... doch wieder einmal begann ich, ihre Lieblingsgeschichte zu erzählen.

Es waren einmal ein kleines fünfjähriges Mädchen und eine bildhübsche, junge Frau.

An einem verschneiten Tag, die Welt war weiß, fast alle Leute waren im Weihnachtsstress und hetzten von einem Geschäft zum nächsten, stand das kleine Mädchen still auf dem Gehweg und schaute mit großen Augen dem Geschehen zu. Die dunklen Haare der Kleinen fielen ihr ins Gesicht und über den dicken Schal. In der Hand hielt sie eine Schnur, an der ein schöner, großer roter Luftballon befestigt war. Er tanzte fröhlich durch die Luft und stieß ab und zu an die Hauswand. Das Mädchen hatte ihn kurz zuvor von einem Mann bekommen, den es nicht kannte. Und nun stand die Kleine da, mit roten Bäckchen und dem Luftballon in der Hand.

Zur gleichen Zeit war eine junge, bildhübsche Frau unterwegs, der man deutlich ansah, dass sie bald ein Kind zur Welt bringen würde. Ihr Blick schweifte über die Menschenmenge, als würde sie etwas suchen. Als ein Mann an ihr vorbeieilte und sie nicht bemerkte, rempelte er sie an und vor lauter Schreck ließ sie ihren Schlüssel fallen, der im Schnee landete.

Das kleine Mädchen hatte alles beobachtet und eilte zu der Frau hin. Mit seinen kleinen, zarten Fingern griff es in den Schnee und holte den Schlüssel. Die Kleine erhob sich wieder und streckte der Frau den Schlüssel entgegen.

Diese lächelte. „Wie lieb von dir. Vielen Dank. Einen schönen Luftballon hast du da." Die Kleine schwieg, lächelte aber leicht. „Kannst du mir vielleicht weiterhelfen? Ich suche einen Buchladen. Ich brauche noch dringend ein Geschenk für meinen Mann, weißt du."

Das kleine Mädchen nickte, drehte sich langsam um und stapfte durch den Schnee voraus. Die Frau folgte ihr. In einer Seitenstraße befand sich tatsächlich ein kleiner Buchladen. Die Kleine drückte etwas angestrengt die Tür auf und trat ein. Die Ladenglocke ertönte. Ein Mann saß hinter der Ladentheke und schaute über die Brillengläser hinweg, wer gekommen war. „Diana, wen bringst du denn mit?"

Die junge Frau fragte zu dem Mädchen gewandt: „Ist das dein Vater?"

Das Mädchen nickte und grinste. Dann lief sie schnell nach hinten, weiter in den Laden hinein.

Der Mann stand auf und ging zu der Frau. „Wie kann ich Ihnen helfen?"

Als die Kleine zurückkam, ihren Schal und die Jacke abgelegt hatte, war die Frau mit Dianas Vater schon in ein Gespräch verwickelt. Die Kleine setzte sich in ihren Lieblingssessel und beobachtete die beiden. Ihre kleinen Beine reichten gerade so über den Rand des Sessels.

Ein paar Tage später war die Frau wieder im Buchladen und unterhielt sich mit der kleinen Diana. Diese schaute die junge Frau eine Zeit lang an. „Wie heißt du eigentlich?", wollte sie schließlich wissen.

Die Frau musste lächeln. „Stimmt, ich habe bei unserem letzten Treffen gar nicht meinen Namen erwähnt, wie unhöflich von mir. Ich bin Lorena, freut mich sehr." Sie streckte Diana die Hand hin, die sie lachend annahm.

„Da ist ein kleines Baby drin, oder?" Das Mädchen deutete auf den dicken Bauch von Lorena.

Diese nickte und ihre Augen strahlten dabei.

Mitte Februar kam die junge Frau überraschenderweise nicht in den Buchladen. Diana stand lange am Fenster, die Nase platt gegen die

Scheibe gedrückt. Doch Lorena kam einfach nicht.
Eine gute Woche später war es so weit und die junge Frau kam Diana endlich wieder besuchen. Doch sie war nicht alleine. Ein großer, schwerer Kinderwagen war ihre Begleitung. Diana war begeistert und machte große Augen. Als sie in den Kinderwagen schaute, lag dort ein winziges, schlafendes Wesen.
„Darf ich dir jemanden vorstellen? Das ist Mila Lilian Doncaster."
Von diesem Tage an sah Diana zu, wie die kleine Mila aufwuchs. War Zeugin ihrer ersten Schritte und ihrer ersten Wörter. Sobald sie älter wurde, spielte sie mit ihr. Die beiden verbrachten jede freie Sekunde zusammen und wurden beste Freunde. Trotz des Altersunterschiedes verstanden sie sich super.
Den Tag, an dem die fünfjährige Diana zum ersten Mal in die kristallblauen Augen von Mila schaute, würde sie nie vergessen.

Als ich mit Erzählen fertig war, schaute ich in Milas kristallblaue Augen, in denen sich Tränen gesammelt hatten. Ihr zugleich lächelndes, bildhübsches Gesicht erinnerte mich an Lorenas. Sie waren sich sehr ähnlich. Ich vermisste Milas Mutter. So sehr, dass man es nicht in Worte fassen konnte. Doch sie würde nie wieder da sein.

Jacob

November 2015

Ich wusste nicht, was ich hier eigentlich machte, doch ich wusste, dass es definitiv falsch war. Ich sollte nicht hier sein. Nicht hier, nicht ein Haus weiter, nicht zwei Häuser weiter und auch nicht drei, sondern bei ihr, nur bei ihr. Doch aus unbegreiflichen Gründen war ich hier. In dem Haus einer Person, die ich eigentlich gar nicht kannte. Wahrscheinlich war ich hier, um cool zu sein. Um so zu sein wie alle anderen, auch wenn ich eigentlich nicht so war und nicht so sein wollte.

Früher dachte ich immer, ich wäre etwas Besonderes. Anders als alle sonst. Ich war frei und konnte tun und lassen, was ich wollte. Ich machte alles mit, um nicht als uncool bezeichnet zu werden. Egal, ob ich jetzt hier sein wollte oder nicht, ich war es, damit ich sagen konnte: „Ich war dabei."

Laute Musik, überall Menschen, viel Körperkontakt, Zigarettenrauch, Alkohol und noch mehr Alkohol. Eigentlich mochte ich diese Welt. Doch es war falsch, sie zu mögen. Ich wusste nicht einmal, ob ich diese Welt wirklich mochte, oder ob der Jacob, der versuchte, cool zu sein, diese Welt mochte. Dieser Jacob war ich einmal gewesen. Doch ich hatte mich verändert. Allerdings waren viele Eigenschaften von ihm hängen geblieben.

Was ich wusste war, dass ich mir durch solche Aktionen mein Leben kaputt machte. Das war mir voll und ganz bewusst. Trotzdem war ich heute hier. Und das war alles andere als gut. Denn jede Sekunde, die ich hier verbrachte, erinnerte mich an damals. An die schlimmste Nacht meines Lebens. In jener Nacht vor zwei Jahren beging ich den größten Fehler meines Lebens. Und sie startete nicht sehr viel anders als diese.

Rückblick
November 2013

00:30 Uhr.
500 Meter.
Ein Haus.
Laute Musik.
Viele Menschen.

Es war eine Nacht wie jede andere. Man konnte den Nebel deutlich im Licht der Straßenlaternen erkennen. Ein Junge, gerade 13 geworden, schlurfte durch die Straßen. Er sollte an diesem Abend nicht weggehen, doch es interessierte ihn nicht, was seine Eltern ihm sagten. Er rieb sich die Hände. Es war eine kalte Nacht.
Das Licht brannte.
Die Tür war angelehnt.
Er lief schneller, doch es war zu spät. Da war ein Mann. Und sie.

November 2015

Nun saß ich hier. Rechts von mir mein bester Freund, links von mir ein Mädchen, das ich nur vom Sehen her kannte. Sie war ein oder zwei Jahre älter als ich. Und sie war sehr damit beschäftigt, mit ihren großen braunen Augen einen Jungen weiter hinten zu beobachten. Dabei wickelte sie eine Strähne ihres strohblond gefärbten Haars um ihren Finger.
Doch ich achtete nicht wirklich auf sie. Meine Gedanken schwirrten noch um jene Nacht herum. Man hätte meinen können, dass ich mich nach dieser Nacht verändert hätte, damit so etwas nie wieder passieren würde. Doch ich tat nichts. Ich konnte stur sein. Sehr stur sogar. Und so machte ich es oft nur schlimmer. Ich war immer noch der Gleiche. Der Jacob, der cool sein wollte. Nur in meinem Inneren wusste ich, dass es falsch war, was ich tat.
Wir saßen auf einem alten, klapprigen blauen Sofa, welches sich in der Mitte nach unten senkte, wenn wir zu dritt darauf saßen. Ich

schaute nach draußen. Ein dunkler Garten versperrte die Sicht auf eine befahrene Straße. Ich schaute in den pechschwarzen Himmel. Sterne konnte man nicht sehen, da die Straßen viel zu hell beleuchtet waren.

Entschlossen stand ich auf.

„Jacob, wo willst du hin?", rief mein bester Freund mir noch nach. Doch ich beachtete ihn nicht.

Ein Fuß vor den anderen. Es war noch vor zwölf Uhr. Ungewöhnlich für mich, dass ich jetzt schon ging. Doch in meinem Inneren spürte ich, dass ich gehen musste, und das erste Mal in meinem Leben ließ ich mein Bauchgefühl siegen.

November 2015

Verdammt! Das helle grüne Licht des Internetanschlusses ließ mich einfach nicht einschlafen. An. Aus. An. Aus. Im Zimmer war es stockdunkel. Doch alle zwei Sekunden blinkte das grüne Lämpchen auf. Es war schon kurz vor zwölf Uhr und eigentlich sollte ich längst schlafen.

Langsam stand ich auf, um etwas zu suchen, was das schrecklich blinkende Licht verdecken konnte, sonst würde ich noch die ganze Nacht wach liegen. Meine langen blonden Haare fielen mir über den Rücken. Ich tapste in meinem Zimmer hin und her. Nur alle zwei Sekunden erkannte ich halbwegs etwas. Ich wollte das Licht nicht anmachen, sonst würden meine Augen vermutlich vor Helligkeit sterben. Ich suchte etwas Papier, um es vor das Licht zu kleben. Shit! Mein kleiner Zeh mochte Möbelstücke leider sehr gerne. Dauernd stieß ich gegen irgendetwas.

Angestrengt und fluchend versuchte ich, einen kleinen Zettel in meinem Chaos zu finden. Ich war noch nie sehr begeistert von Ordnung gewesen. Das war ja auch nur etwas für Leute, die nicht schlau genug waren, sich im Chaos zurechtzufinden. Endlich fand ich ein kleines Stück Papier, welches ich vor das Licht hängte. Es hielt sogar relativ gut. Ein Grinsen huschte über mein Gesicht.

Plötzlich hörte ich ein Knacken draußen vor der Haustür. Panisch drehte ich mich um. Ich hörte Schritte vor unserem Haus. Sofort verstummten sie wieder. Durch die Glasscheibe, die in unsere Haustür eingelassen war, sah ich die schwarzen Umrisse einer Person. Ich kroch in die hinterste Ecke meines Betts. Die Knie bis zur Brust gezogen, die Arme um die Beine geschlungen und die Decke bis zur Nase hochgezerrt. Ich zitterte am ganzen Körper. Vor meinen Augen sah ich ihn. Diese Nacht damals hatte mich geprägt.

Rückblick
November 2013

Der Fernseher flackerte. Ein kleines Mädchen von acht Jahren saß auf dem Sofa in der hintersten Ecke. Gebannt sah sie auf den Bildschirm. Tick. Tick. Tick. Der Minutenzeiger bewegte sich auf die Zwölf zu. Es war neun Uhr. Eine Stunde später als sie eigentlich ins Bett gehen sollte. Sie war alleine zu Hause, weil ihr Bruder es nicht einsah, zu babysitten und auf seine kleine Schwester aufzupassen. Und so war er trotz des Verbots der Eltern heute weggegangen. Die Eltern der beiden waren an diesem Abend im Kino. Sie waren zuvor noch nie weggegangen und hatten die Kinder alleine zurückgelassen, doch sie hofften, dass es keine Komplikationen geben würde.

Die Kleine machte den Fernseher aus und ging in ihr Zimmer. Schlafen konnte sie jedoch nicht. Sie lag noch Stunden wach. Als sie ein Geräusch vor der Tür hörte, wusste sie, dass ihr Bruder endlich nach Hause kam. Die Tür öffnete sich. Sie hörte Schritte, die näher kamen. Ihre Zimmertür wurde aufgerissen. Und die Person, die vor ihr stand, war definitiv nicht ihr Bruder.

November 2015

Ich hörte, wie sich der Schlüssel im Schloss umdrehte. Die Tür ging auf und Schritte waren zu hören. Mir wurde auf einmal schlecht und so kalt, dass ich am ganzen Körper Gänsehaut bekam. Ich hatte Angst. Die Schritte kamen auf mein Zimmer zu. Die Tür öffnete sich. Ich schrie kurz auf und hielt meine Hände vor das Gesicht.

„Chill dein Leben, ich bin's nur. Ich bin wieder zu Hause."

Ich nahm die Hände langsam von meinen Augen weg. „Jacob!", zischte ich wütend. „Jag mir nie wieder so einen Schrecken ein."

Jacob musste lachen, schloss die Tür und tapste nach oben.

Mit Herzklopfen sank ich in meinen Kissenberg zurück. Irgendwann würde ich meinen Bruder noch umbringen.

März 2016

Was ist Glück? Die drei Wörter standen schwarz auf weiß auf meinem Blatt. Das restliche Papier war leer. Ich saß da und starrte nach vorne zum Professor. Eigentlich hörte ich ihm gar nicht richtig zu, sondern war in meine Gedanken versunken. Erst als alle anderen Studenten vor mir in den Reihen aufstanden und ihr Blätterchaos beseitigten, war ich wieder im Hier und Jetzt. Verwirrt sah ich meinen Sitznachbarn an. Wie lange war ich gedanklich nicht anwesend gewesen? Als er meinen Blick sah, begann er kurz und knapp zu erklären: „Vier Wochen Zeit. Keine Seminare. Hausarbeit über *Was ist Glück?*. Zehn Seiten lang. In der Zeit Praktikum in einer Schule machen."

Der Gedanke, vier Wochen keine Seminare zu haben, gefiel mir. Moment?! Praktikum in einer Schule machen? Na super. Vier Wochen lang von nervigen, kleinen Kindern umgeben? Ich musste unbedingt einen Platz im Gymnasium ergattern. Da waren die Schüler am harmlosesten. Das Kindergeschrei in Grundschulen hielt doch keiner aus.

Auf dem Weg nach draußen begegnete ich Caro, meiner Ex-Freundin. Bis vor einem knappen halben Jahr waren wir relativ lange zusammen gewesen, aber wir hatten beide gemerkt, dass unsere Beziehung nicht mehr funktionierte. Wir hatten uns dauernd wegen irgendwelcher Kleinigkeiten gestritten. Irgendwann liebte ich sie einfach nicht mehr. Und das tat mir wirklich leid, da Caro ein tolles Mädchen war. Ihre Ausstrahlung war super und ihr Charakter einfach perfekt, aber ich konnte nichts daran ändern, dass ich nichts mehr für sie empfand. Alle anderen Jungs verstanden mich nicht, warum ich so ein Mädchen gehen ließ, aber irgendwann würde schon noch meine perfekte Traumfrau kommen.

Caro hing mir seit unserer Trennung ständig am Rockzipfel und wollte nun auch wieder wissen, ob wir uns denn mal treffen könnten, um einfach nur einen Film zu schauen. Doch ich dachte nicht einmal daran, mich überhaupt mit ihr zu unterhalten, und so ließ ich sie wie an all den anderen Tagen einfach stehen.

Ich schlurfte die Straßen entlang. Ich würde nicht behaupten, dass mein Studentenleben sehr toll war, doch machte das Studium mich irgendwie zu einem nicht ganz so faulen Menschen. Ohne dieses würde ich wahrscheinlich die ganze Zeit mit meiner heiß geliebten Jogginghose im Bett liegen bleiben, dem Moderator irgendeiner Quizshow im Fernsehen lauschen, der ohnehin nur uninteressantes Zeug erzählte, und ab und zu mal einen Ausflug zur Tür machen, wenn ich mir kurz zuvor eine Pizza bestellt hatte. Thunfisch und Pilze. Standard in meiner kleinen Wohnung.

Doch leider konnte ich dieses Leben nicht führen. Durch das Studium war ich gezwungen, mindestens dreimal die Woche aufzustehen. Wenn ich mich dort nicht mehr blicken ließe, würde das meinen Eltern gar nicht gefallen. Sie bezahlten immerhin eine ziemliche Summe für dieses Studium, mit dem ich eigentlich nicht viel anfangen konnte. Wen interessierte heutzutage schon Philosophie? Wahrscheinlich niemanden. Doch wusste ich nicht, was ich sonst mit meinem Leben anfangen sollte. Für meinen Traum, die ganze Zeit nur zu reisen, fehlte mir eindeutig das Geld. Zudem bezahlten meine Eltern die Wohnungsmiete, die natürlich völlig überteuert war, da ich auf die geniale Idee gekommen war, nach Berlin zu ziehen. Genau 483,5 Kilometer weit weg von ihnen. Und das war auch gut so.

In letzter Zeit hatte ich mein Leben nicht mehr ganz so im Griff wie früher einmal. Was war nur aus dem braven, kleinen Jungen geworden, der einen vor zehn Jahren mit großen Augen angeschaut und kräftig genickt hatte, wenn man ihm etwas sagte?

Fast jedes Wochenende war ich viel zu lange wach. Dachte über den Sinn des Lebens nach, da ich durch das Studium ja sonst nichts im Kopf hatte. Meistens starrte ich die weiße Wand gegenüber von meinem Bett an. Rechts von mir eine Bierdose (meistens war es tatsächlich nur eine), links von mir ein Pizzakarton mit den übrig gelassenen Pizzarändern, die ich noch nie in meinem Leben gegessen hatte.

Mit mir war im letzten Jahr so einiges schiefgelaufen. Was genau es war, wusste ich eigentlich selbst nicht. Lag wohl am Studium.

Montagmorgens war ich dann meistens so kaputt, dass ich entweder erst gar nicht den Wecker hörte oder ihn ignorierte, da ich so müde vom Wochenende war. Ab und zu quälte ich mich unter der Woche in einen der vielen Hörsäle und lauschte dem Geschwafel der Professoren.

Meine Woche lief eigentlich immer gleich ab. Selten änderte sich etwas. Und wenn, dann waren es nur Kleinigkeiten, die normalerweise in einem Leben nichts ausmachten.

Ich schlurfte also durch die Straßen von Berlin, nachdem ich erfahren hatte, dass ich für vier Wochen in eine Schule gehen sollte, um dort eine Art Praktikum zu machen. In meiner kleinen Wohnung angekommen, die ich mir mit Simon, einem anderen Studenten, teilte, setzte ich mich sofort an den Computer und schrieb das nächstgelegene Gymnasium an. Schon nach zwei Tagen bekam ich eine Antwort und glücklicherweise würden sie mich für vier Wochen nehmen. Problem gelöst.

Acht Wochen später. Montagmorgen, 6:30 Uhr. Mein Wecker klingelte. Genervt legte ich mir mein Kissen über den Kopf und drehte mich auf die andere Seite.

Simon lachte. „Ey, Kumpel. An deiner Stelle würde ich aufstehen. Die Schule wartet. Nix mehr Uni, wo du locker zu spät kommen kannst. Oder nach deinem Motto erst gar nicht auftauchen musst."

Shit! Die Schule hatte ich total vergessen. Langsam quälte ich mich aus dem Bett. So früh war ich schon seit Ewigkeiten nicht mehr aufgestanden.

Als ich vom Bett ins Bad stolperte, lachte mich Simon erneut aus und verschwand in der Küche. Wieso war er überhaupt schon wach? Er musste erst in ein paar Stunden in der Uni auftauchen, wenn er pünktlich da sein wollte.

Mit der Zahnbürste im Mund wanderte ich durch die Wohnung und suchte ein paar anständige Klamotten. Ich versuchte, meine Haare einigermaßen in Form zu bringen, um an meinem ersten Tag nicht gleich einen schlechten Eindruck zu hinterlassen. Als ich in der Küche auftauchte, war Simon schon fast fertig. Ich machte mir nur schnell einen Kaffee. So früh am Morgen konnte doch kein Mensch etwas essen.

Um halb acht machte ich mich auf den Weg zur Schule. Sie lag nicht weit von meiner Wohnung entfernt.

Mila

Mai 2016

Das hatte sie jetzt nicht wirklich gesagt! Wie konnte sie nur? Wütend stand ich auf. Im Vorbeigehen zischte ich noch: „Ich bin froh, so zu sein wie sie!"

Meine Wut verschwand blitzartig, als ich den Raum verließ. Leise ging ich die Treppe hinauf und ließ den Kopf hängen. Wie konnte Oma nur so etwas über Mum sagen? Ihre Worte hallten in meinem Kopf wider: „Du bist genauso unvernünftig wie deine Mutter. Was denkst du, warum sie gestorben ist?"

Als ich oben ankam, bog ich links ab und nicht rechts wie sonst immer. Ich stand vor einer verschlossenen Tür. Ein braunes Holzschild hing schief auf Augenhöhe. *BITTE KLOPFEN* stand darauf. Langsam drückte ich die Türklinke hinunter. Ich musste nicht klopfen, denn hier war schon seit Jahren niemand mehr gewesen. Ich atmete noch einmal tief durch, dann drückte ich gegen die Tür. Sie sprang quietschend auf.

Das letzte Mal, als ich hier gewesen war, war ich ungefähr vier Jahre alt und daran konnte ich mich nicht mehr erinnern. Das Zimmer war relativ klein. Ein Bücherregal, das bis zur Decke emporragte, und ein Schreibtisch, der so viele Schubladen hatte, dass man sie gar nicht alle zählen konnte, waren das Erste, was man sofort sah. Alles in einer dunklen Holzfarbe gehalten. Die weißen Vorhänge versperrten die Sicht nach draußen. Ich drückte auf den Lichtschalter und schaute skeptisch die Lampe an. Sie flackerte kurz, doch dann erfüllte sie das Zimmer mit einem matten Schein.

Ich betrat den Teppich und schaute mich noch einmal um. Bücher über Bücher. Im gesamten Haus meiner Großeltern gab es nicht so viele Bücher wie hier. Eine dicke Staubschicht überdeckte aufgestapelte Bücher neben dem Regal.

Ich schloss die Tür und ging auf den Schreibtischstuhl zu. Er quietschte, als ich mich setzte. Ich drehte den Stuhl so, dass ich direkten Blick auf das Regal hatte. Alle Arten von Büchern standen hier. Schon nach wenigen Sekunden entdeckte ich mein Lieblingsbuch: Der Tigerprinz. Ich liebte diese Geschichte, schon seit ich denken konnte. Mum hatte sie mir früher immer vorgelesen. Weil es ihr Lieblingsbuch gewesen war, wurde es vermutlich auch zu meinem. Ein Kinderbuch. Doch die Geschichte war fantastisch und berührend zugleich. Es hatte einen schwarzen Einband, war ganz dünn und auf dem Cover prangte ein großer Tiger.

Rückblick
Februar 2006

Die Sonne schien durch das kleine Fenster. Unter den Lichtstrahlen schimmerte der Schnee auf dem schmalen Fensterbrett. Im Haus war es warm und es roch nach frisch gekochtem Erdbeertee. Ein Kinderlachen war zu hören. Kleine Schritte kamen näher und im selben Moment flog die Tür zum Arbeitszimmer auf. Ein kleines, blondes Mädchen rannte hinein und umarmte stürmisch seine Mutter, die am Schreibtisch saß und etwas in ein kleines Buch schrieb. Lächelnd schaute sie zu ihrer Tochter hinunter und hob sie auf ihren Schoß. Die Haare des Mädchens waren zu zwei Zöpfen geflochten.

„Kannst du es mir noch einmal vorlesen?", fragte die Kleine.

Erstaunt hob die Mutter die Augenbrauen. „Schon wieder?"

Das Mädchen nickte grinsend. Die junge Frau schaute in die kristallblauen Augen ihrer Tochter, die ihren eigenen so ähnlich waren. Sie konnte einfach nicht Nein sagen, wenn sie diese Augen sah. Also schob sie ihre Arbeit beiseite und holte ein Buch aus der linken oberen Schublade. Sie konnte dieses Buch nie allzu weit weg verstauen, denn mindestens einmal am Tag war es ihre Aufgabe, die Geschichte darin vorzulesen. Auch sie liebte dieses Buch über alles und hatte diese Liebe offenbar auf ihre Tochter übertragen, denn nun war die Kleine regelrecht süchtig nach dem Tigerprinzen, dem schönsten Kinderbuch, das auf der Welt existierte.

Entspannt lehnte sich das kleine Mädchen zurück und lauschte den sanften Worten seiner Mutter.

Ich sah eine braune Bücherreihe. Jeder Band war mit zwei goldenen Strichen verziert. Ich wusste nicht, was das für Bücher waren, doch inmitten der Reihe stand ein viel kleineres dunkelrotes Werk, das definitiv nicht dazu passte. Ich ging auf das Regal zu und nahm das rote Buch heraus. Es war in einen weichen Umschlag eingebunden. In geschwungener Goldschrift stand auf dem Titel Diary. Ich kannte das Buch nicht und auch der Name des Autors fehlte. Ich nahm es mit zum Schreibtisch. Neugierig schlug ich es auf. Das Buch war von vorne bis hinten mit blauer Tinte beschrieben. Auf der ersten Seite stand in einer gut leserlichen Handschrift:

19.01.1997

Liebes Tagebuch,
ich weiß, mit fast 17 Jahren bin ich vielleicht ein wenig alt für Tagebücher, aber irgendwie hatte ich so ein Bauchgefühl, wenigstens die wichtigsten Ereignisse in meinem Leben schriftlich festhalten zu müssen. Vielleicht brauche ich manchmal auch einfach nur etwas, in das ich meine Gedanken niederschreiben kann. Ich weiß es nicht. Wahrscheinlich wird dieses Buch die meiste Zeit eh nur unbenutzt und verstaubt in der letzten Ecke auf unserem Dachboden liegen. Doch falls ab und zu etwas Nennenswertes in meinem Leben passieren sollte, werde ich es hier festhalten. Hier in diesem kleinen roten DIN-A5-Buch. Ich fand es auf dem Dachboden. Keine Ahnung, wie lange es da schon lag. Meine Eltern frage ich besser nicht danach, wer weiß schon, ob sie irgendwann einmal neugierig werden und in meinen Sachen herumschnüffeln. Auf jeden Fall sind die Seiten dieses kleinen Buches schon leicht gelblich gefärbt. Vorne drauf ist in goldener Schönschrift das Wort Diary gedruckt. Tagebuch. Ab heute mein Tagebuch.
Als ich es in der letzten Ecke auf dem Dachboden fand, war es umhüllt von einer dicken Staubschicht. Als hätte es jemand Jahre zuvor dorthin gefeuert und nie wieder angerührt. Ich frage mich, wem es vorher gehört hat. Was wohl die Geschichte hinter diesem Buch ist. Ich weiß es nicht.

Na ja, falls in ein paar Jahren das hier mal irgendjemand lesen söll-te, weil ich es zuvor möglicherweise in die letzte Ecke gefeuert habe, dann möge dieser Jemand doch bitte der Geschichte dieses Buches auf den Grund gehen.
Ich habe das komplette Buch durchgeblättert. Nichts zu finden, wem es vorher gehört haben könnte. Nur weiter hinten stehen ein paar Zeilen:

„Der Tod wird jeden irgendwann einmal holen. Davor kann keiner fliehen. Aber wenn wir uns Mühe geben, unser Leben zu leben, und immer versuchen, das Beste daraus zu machen, geben wir dem Tod irgendwann vielleicht freiwillig die Hand mit dem Wissen, keinen Tag verschwendet zu haben. Du hast nur ein Leben! Also lebe jeden Tag so, als wäre es dein letzter. Mach nicht die gleichen Fehler wie ich!"

Ich weiß nicht, von wem die Zeilen kommen. Aber wenn man über ihren Sinn nachdenkt, stimmen sie vollkommen. Man sollte in sei-nem Leben das tun, was man machen möchte. So leben, als ob jeder Tag der letzte sein könnte. Die Person, die diese Worte geschrieben hat, scheint nicht ganz zufrieden mit ihrem/seinem Leben zu sein. Ich würde gerne wissen, was für Fehler die Person gemacht hat ...
Aber im Moment bin ich eigentlich relativ zufrieden mit meinem Leben.
Na ja, meine Mum ruft gerade. Ich sollte das Buch lieber verstecken. Ich melde mich ein anderes Mal wieder.

Lorena

Mein Blick richtete sich nach vorne. Ich konnte es nicht fassen. Ich stand auf, schob den Stuhl wieder an den Tisch und ging aus dem Raum. Behutsam schloss ich die Tür und steuerte auf mein Zimmer zu. Ich setzte mich ans Fenster und öffnete das Tagebuch noch einmal. Der erste Eintrag war wirklich unterschrieben mit dem Namen Lorena. Das Tagebuch, das ich in den Händen hielt, gehörte niemand anderem als meiner verstorbenen Mutter.

Holly

Mai 2016

Die Kisten waren schon alle im Umzugswagen verstaut und wurden zu unserem neuen Haus gefahren. Ein letztes Mal warf ich einen Blick in unser altes Zuhause. Weiße Wände. Keine Möbel, keine Farbe, kein gar nichts. Alle Räume waren leer. Ich schaute noch einmal überall nach, ob wirklich alles eingepackt war. Und tatsächlich fand ich im Zimmer meines Bruders Jacob noch einen kleinen Farbtupfer. Es war ein Foto, das in einer Ecke liegen geblieben war. Ich wusste gar nicht, dass mein Bruder Fotos besaß.

Ich eilte schnell hin und hob es auf, um es ihm später wiederzugeben. Als ich es umdrehte, staunte ich nicht schlecht. Mein Bruder konnte ja tatsächlich ganz süß sein. Hatte ich nicht von ihm erwartet. Es war ein Bild von uns beiden aus dem letzten Sommerurlaub in Dubai. Wir standen am Strand, hinter uns das Meer und ein Sonnenuntergang. Ich mochte das Bild. Er hatte garantiert nicht geplant, dass ich das Foto finden würde. Jetzt konnte ich ihn damit aufziehen, da er es hasste, wenn ich ihn süß nannte.

Gut gelaunt, wie fast immer, sprang ich die Treppen nach unten und setzte mich in den schwarzen Wagen. Als Jacob auch endlich auftauchte und sich neben mich auf die Rückbank setzte, fuhr Josef los in Richtung unseres neuen Zuhauses. Er war fast ein Mitglied unserer Familie. Seit ich denken konnte, half er meinen Eltern im Haushalt und hatte mich früher immer zu Bett gebracht. Wir zogen ganz in die Nähe, allerdings in ein größeres Haus.

Als wir schon ein paar Minuten unterwegs waren, beschloss ich, Jacob nun sein Foto wiederzugeben. „Ich hab da etwas gefunden, das dir gehört. Also, ich gehe zumindest davon aus."

Er sah mich ein wenig verwirrt an, sagte aber nichts. Als ich das Foto hervorholte, riss er die Augen auf. „Gib das her, Holly."

„Das ist schon süß von dir, dass du ein Foto von uns in deinem Zimmer hattest, weißt du?"

„Holly!", zischte er nur wütend.

„Schon gut, Jacob. Trotzdem echt süß."

Ich gab ihm sein Bild und grinste. Ich wusste genau, dass er es hasste, wenn ich ihn als süß bezeichnete. Er packte das Foto schnell weg, setzte seine Kopfhörer auf und schaute aus dem Fenster. Auch ich beschloss, aus dem Fenster zu schauen. Wir waren nur kurz gefahren, aber ich hatte trotzdem keine Ahnung, wo wir waren. Mein Orientierungssinn war nicht ganz so ausgeprägt, wie er das eventuell sein sollte. Ich schaute nach oben. Die Wolken flogen vorbei. Ich schaute gerne in den Himmel. Egal, ob bei Tag oder Nacht, es war immer ein wunderschönes Bild. Die weißen Wolken, die dahinzogen, oder die unendlich vielen kleinen Sterne, die überall am Himmel glitzerten.

Ich schaute wieder zu Jacob, jedoch bemerkte er meinen Blick nicht. Unsere Beziehung konnte man schon Geschwisterliebe nennen. Wir ärgerten einander ziemlich oft, aber tief im Inneren wusste ich genau, dass er mich liebte. Wir waren früher, genauso wie heute auch noch, unzertrennlich. Aber er hatte sich verändert. Dauernd versuchte er, auf cool zu tun.

Vor seinen Freunden war ich nur noch die dumme, anhängliche kleine Schwester. Ich durfte ihm nicht mehr durch die Haare wuscheln, wie ich es früher immer gemacht hatte, da ja sonst seine ach so perfekte Frisur kaputt gehen würde. Auch sein Style hatte sich verändert. Er achtete sehr darauf, was er anzog, und seine Sachen durften ja nicht dreckig werden oder zerknittern. Trotzdem, so wie er dasaß und sich alle drei Sekunden mit der Hand durch die Haare fuhr, wusste ich, dass ich ihn liebte. Immerhin war er mein Bruder. Und Geschwister hatten nun mal eine Bindung zueinander, die niemand sonst nachvollziehen konnte. Er bemerkte, wie ich ihn von der Seite musterte, und schaute mich ebenfalls an.

„Hab dich lieb, Bruderherz."

„Ich dich auch, Honey."

Ich musste lächeln. Ich liebte es, wenn er mich so nannte. Von klein auf war ich seine Honey gewesen. Er sagte immer, er nenne mich so, weil ich so süß wie Honig sei.

Das Auto hielt und ich schaute nach draußen. Ein schönes weißes Haus lag vor uns. Es war groß und modern. Viele Glasfenster waren zu sehen, so kam Licht ins Haus, was sehr gut war. Der Gedanke, jetzt hier zu wohnen, gefiel mir.

Wir stiegen aus und betraten unser neues Zuhause. Meine Eltern hatten schon alle Möbel herbringen lassen, so war das Haus bereits komplett eingerichtet. Ich ging mit Jacob nach oben, um unsere Zimmer zu suchen. Wir fanden zwei gegenüberliegende große Räume, die uns zugeteilt waren. Mit ein bisschen Überzeugungskraft machte ich ihm klar, dass ich das Zimmer mit Blick auf den Garten mehr verdient hätte. Jacob war eh nie zu Hause und wozu brauchte er dann den schöneren Ausblick? Überraschenderweise hatte er nichts dagegen und verschwand in seinem Zimmer. Ich musste grinsen. Was er nicht gesehen hatte, war die hinterste Ecke meines Zimmers, die dieses um einiges größer machte als Jacobs.

Ich ging ans Fenster und schaute in den Garten. Er war groß und gepflegt. Es war schon Abend und ich konnte sehen, wie die Sonne langsam unterging. Es war ein bezaubernder Anblick. Ich wollte hier nie wieder weg.

Benny

Mai 2016

„Ey, haste mal 'ne Zigarette?"

Ich drehte mich um. Wo war ich denn hier gelandet? Eine Gruppe Jugendlicher stand schräg hinter mir. Ein Junge von vielleicht fünfzehn Jahren verteilte gerade eine Zigarette nach der anderen an seine Freunde. Kurzerhand ging ich auf die Gruppe zu und fragte, ob ich auch eine haben könne. Der Junge sah mich erst skeptisch an, jedoch reichte er mir eine Zigarette. Ich brach sie vor den Augen der ganzen Truppe entzwei und schmiss die beiden Teile auf den Boden.

„Rauchen ist schädlich. Merkt euch das!" Dann ging ich weg, wobei ich echt gerne die verdutzten Gesichter gesehen hätte. Ich hörte ein „Ey, Arschloch. Die waren teuer", drehte mich noch einmal um und sagte: „Ey, Kumpel, gib dein Geld für etwas Sinnvolleres aus."

Ich freute mich, dass ich heute schon eine gute Tat begangen hatte, doch jetzt machte ich mich erst einmal auf die Suche nach dem Sekretariat.

Ich schaute auf meinen Stundenplan, den ich bekommen hatte. Die meiste Zeit sollte ich mich nur hinten in die Klassenzimmer setzen und auf die Lehrer achten, wie diese den Unterricht gestalteten. Jeden Tag ein paar Stunden. Angenehmer als Studium, das musste ich schon sagen. Na ja, ich überdachte das noch einmal. Hier musste ich immerhin früh (sehr früh!) aufstehen und es gab viele unhöfliche Kinder, die meinten, sie müssten in der Schule rauchen. Ich war in dem Alter nicht so ungezogen, aber okay ... Waren die alle so? Was kam bitte als Nächstes? Alkohol in der Schule?!

Auf meinem Plan stand, dass ich zur ersten Stunde in Raum E14 musste. Wo zur Hölle war E14? Ich fragte schnell im Sekretariat nach und versuchte mich nach der kurzen Wegbeschreibung, die ich bekommen hatte, durch die Schülermassen zu zwängen. Eine Treppe, etliche Schüler, die nach oben mussten, wenige, die versuchten, sich nach unten zu bewegen, ein paar Lehrer und ich. Sehr spaßige Angelegenheit.

Ich fand den E-Trakt sehr schnell. Auch Raum 14 war rasch entdeckt. Ich war sogar fast pünktlich. Nur ein oder zwei Minuten zu spät. Zum Glück war der Lehrer noch nicht da. Dieses Gefühl von Erleichterung, wenn der Lehrer ebenfalls zu spät kam, kannte ich nur zu gut aus meiner eigenen Schulzeit. Ich war meistens erst kurz vor knapp anwesend.

Hinter mir hörte ich ein paar High Heels näher kommen. Gut, vielleicht doch keine männliche Lehrkraft. Ich schaute mich um, bei wem ich mich gleich vorstellen musste. Ich brauchte ein wenig, bis ich die Lehrerin erkannte. Sie war einen guten Kopf kleiner als alle Schüler hier (dabei hatte sie hohe Schuhe an!) und ihre blonden Haare waren streng nach hinten gebunden. Sie trug einen engen, kurzen Rock und eine weiße Bluse. Ihre knallpinke Handtasche baumelte bei ihrem aufrechten Gang ständig von links nach rechts und traf alle Schüler, die zu nah bei ihr standen. Diese Frau hatte Temperament. Nicht schlecht, aber ein wenig alt für mich.

Sie schloss die Klassenzimmertür auf, ohne mir auch nur einen Blick zu schenken. Ich ließ erst alle Schüler in das Zimmer, dann ging ich selbst hinein und schloss die Tür hinter mir. Ich trat zu der Lehrerin, die sich bereits gesetzt hatte. Durch ihre Brille sah sie mich fragend an. Ich erklärte ihr kurz, wer ich sei und dass ich in dieser Stunde zuschauen würde. Sie meinte, ich solle mich doch bitte kurz der Klasse vorstellen. Damit hatte ich nicht gerechnet.

Ich ließ meinen Blick über die Schülerreihen schweifen. Sehr alt waren die Kinder hier nicht, schätzungsweise eine sechste Klasse. „Joa, ich bin Benjamin Schulz. Komme von der Humboldt-Universität hier gleich um die Ecke und muss für vier Wochen ein Praktikum an eurer Schule machen, deswegen bin ich da."

Frau Richter, die Lehrerin, musterte mich skeptisch von oben bis unten und rümpfte die Nase. Dabei hatte ich doch meine ordentlichen Sachen an! Sie zeigte auf einen freien Platz in der letzten Reihe. Ich ließ mich darauf nieder.

Neben mir saß ein Mädchen mit Sommersprossen und geflochtenen Zöpfen. Sie erinnerte mich ein kleines bisschen an Pippi Langstrumpf und grinste mich frech an. Mein Blick richtete sich wieder nach vorne auf die Lehrerin. Ich bewunderte diese Frau irgendwie.

Sie hatte die Klasse voll und ganz im Griff. Nach fünfundvierzig Minuten Deutschunterricht hatte ich eigentlich erst mal genug Schule für diesen Tag. Eine sechste Klasse konnte doch anstrengender sein, als ich gedacht hatte. Den restlichen Tag verbrachte ich damit, angestrengt nach den ganzen Räumen zu suchen. Ich rannte die Treppe hoch, um festzustellen, dass der G-Trakt doch nicht im Obergeschoss war, rannte wieder hinunter, um zu erkennen, dass er sich auch nicht im Erdgeschoss befand, sondern im Keller. Es war wirklich nervenaufreibend, immer pünktlich zu kommen. Ich schaute mir noch eine Stunde Ethik an, zwei Stunden Mathe und am Ende des Tages zwei Stunden Musik. Als es nach der sechsten Stunde klingelte, sprangen alle Schüler dermaßen schnell auf, so rasch konnte ich gar nicht schauen. Bis ich meinen ganzen Krempel zusammengepackt hatte, waren fast alle Schüler aus dem Raum gestürmt. Nur ein Mädchen stand noch in der Mitte des Musiksaals. Sie hatte hellbraune, glatte Haare und ihr Blick fixierte den Flügel, welcher in einer Ecke stand. Langsam, aber zögerlich ging sie auf ihn zu. Behutsam setzte sie sich auf den Hocker. Und sie spielte. Ihre zarten Finger berührten die Tasten kaum. Es sah aus, als würden sie über sie hinwegfliegen. Alle Töne saßen. Es war, als wäre ich in einer anderen Welt. Die Klänge erfüllten den Raum, sprangen wild herum und trafen genau mein Herz. Als das Stück langsamer wurde, konnte ich spüren, dass sie an etwas dachte, das sie traurig machte. Die Töne zerrissen sie. Ihre Finger begannen zu zittern und ihre Augen suchten nach Sicherheit, die sie nicht fand. Die Töne verstummten. Totenstille.

Ich stand stocksteif da und starrte sie an. Ihre Augen bewegten sich nicht. Sie sahen aus wie Glaskugeln. Tränen bildeten sich und spiegelten den Schmerz in ihr wider. Sie war mit den Gedanken woanders. Vielleicht in einer anderen Welt. Vielleicht in der Zukunft. Vielleicht aber auch in der Vergangenheit.

Aus Versehen bewegte ich meinen Fuß und unterbrach die Stille. Erschrocken drehte sie sich um, als hätte sie mich die ganze Zeit über nicht bemerkt. Unsere Blicke trafen sich. Keiner brachte ein Wort hervor. Es war, als würde die Zeit stillstehen. Sie schaute kurz weg, auf die Klaviertasten, dann wieder zu mir. Schließlich sprang sie auf und verließ zügig den Raum. Ich wollte ihr noch etwas hinterherrufen, doch da war sie schon weg.

Ich schaute ihr noch lange nach.

Ich kannte dieses Mädchen. Woher auch immer.

Nach fünf Minuten stand ich immer noch vollkommen perplex da. In meiner Kindheit hatte ich zwei Jahre lang Schlagzeug gespielt. So lange, bis meine Mutter meinte, es wäre zu laut. Ich konnte Klaviermusik und das ganze einfühlsame Gedöns nie wirklich leiden. Bis heute. Ich kannte dieses Stück, aber es hatte noch nie jemand so schön gespielt.

Als ich mich wieder gefasst hatte, nahm ich meine Tasche und wollte gerade gehen, als ich ein kleines rotes Buch auf einem der Tische sah. Soweit ich mich erinnerte, hatte dort das Klavier-Mädchen gesessen. Sie musste es vor lauter Schreck, nachdem sie mich bemerkt hatte, liegen gelassen haben. Auf dem Buch stand in goldener Schrift Diary. Ein Tagebuch. Ich musste es ihr wiedergeben. So bald wie möglich. Behutsam steckte ich es in meine Tasche und verließ den Raum.

Als ich von meinem ersten Tag als Praktikant nach Hause kam, war ich fix und fertig. Ich hatte wirklich nicht gewusst, dass kleine Kinder so anstrengend sein konnten. Ich schmiss meine Tasche erst einmal neben mein Bett, nahm mein Handy in die Hand und bestellte mir eine Thunfisch-Pilz-Pizza.

Eine halbe Stunde später lag ich mit meiner Pizza auf dem Sofa. Die Tür ging auf und Simon kam rein. „Boah, diese Thunfisch-Pilz-Pizzen machen mich irgendwann noch wahnsinnig. Kannst du nicht mal eine Salami-Pizza oder so etwas essen? Wie jeder andere normale Mensch auch." Er machte die Fenster auf, um durchzulüften. Ich musste lachen. „Da muss ich dich leider enttäuschen. Ich bin fast verheiratet mit diesen Pizzen."

Simon verdrehte die Augen, musste aber grinsen. „Und wie war es mit den nervigen, kleinen Kindern heute?"

Jetzt verdrehte ich die Augen. Ironisch sagte ich nur: „Megacool!"

Simon saß am Tisch, um irgendetwas für die Uni zu machen. Ich lag immer noch auf dem Sofa und musste an den heutigen Tag denken. Besser gesagt an die Schülerin, die auf dem Klavier gespielt hatte. Sie hatte so traurig und zerbrechlich ausgesehen. Sie war ein x-beliebiges Mädchen an einer x-beliebigen Schule. Wieso kam sie mir nur so bekannt vor? Ich wusste es nicht.

„Du siehst echt nachdenklich aus, Bro. Du hast dich nicht ernsthaft in eine Lehrerin verguckt?“

„Seh ich so aus?“

„Oh nein. Nicht ernsthaft in eine Schülerin?! Wie alt ist sie?“

„Bleib mal locker! Ich hab mich in niemanden verguckt, damit das mal klar ist.“

„Ist ja gut, ich mach doch nur Scherze. Aber mal im Ernst, was ist los?“

„Da war heute ein Mädchen. Nach der sechsten Stunde. Sie …“

„Uhh, ich wusste es. Doch eine Schülerin.“ Wenn meine Blicke töten könnten, wäre Simon bereits leblos vom Stuhl gekippt. „Okay, sorry. Wie geht’s weiter?“

„Sie hat Klavier gespielt. Wirklich, ich hab noch nie in meinem Leben jemanden so Klavier spielen gehört.“

„Wann hast du denn überhaupt schon mal jemanden Klavier spielen gehört?“

„Du weißt, was ich meine. Das war echt krass, wie sie gespielt hat. Und … na ja … sie hat ihr Tagebuch liegen lassen. Ich hab es mitgenommen, um es ihr später wiederzugeben.“

„Und du hast noch nicht in das Buch geschaut? Das nenne ich mal Selbstbeherrschung. Respekt!“

„Ich hatte eigentlich nicht vor, in das Buch zu schauen. Du würdest auch nicht wollen, dass jemand deine ganzen privaten Gedanken liest.“

„Das wäre echt beschissen. Aber ich würde trotzdem in das Buch schauen, wenn ich eins fände. Und du auch, gib’s zu.“

Ich musste grinsen. Natürlich würde ich gerne in das Buch schauen. Aber ich wusste, dass es falsch wäre. Ich nahm meine Tasche und holte meinen Fund heraus.

„Na siehst du! Sag mir, wenn etwas Spannendes drin steht.“ Simon beugte sich wieder über sein Uni-Zeug.

Behutsam schlug ich das Buch auf. Ich las nur die erste Seite, dann klappte ich es wieder zu. Das war nicht ihr Tagebuch. Wenn das Datum stimmte, konnte es nicht dem Mädchen gehören. 19.01.1997. Zu diesem Zeitpunkt konnte sie noch nicht gelebt haben. Da war selbst ich erst ein Jahr alt. Lorena … das Buch hatte eine Lorena geschrieben.

Diana

Mai 2016

„Es ist weg! Spurlos verschwunden! Was soll ich denn jetzt machen?" Mila kam panisch und total aufgeregt in unseren Laden gestürmt. Hatte sie schon gesagt, was weg war? Ich blickte nicht mehr durch.

„Ganz ruhig. Was ist passiert?", versuchte ich sie zu beschwichtigen.

„Das Tagebuch. Es ist weg."

„Okay. Moment ... seit wann schreibst du Tagebuch?"

„Nein, nicht mein Tagebuch. Das Tagebuch von Mum."

„Von deiner Mum, okay. Warte, was? Deine Mum hat Tagebuch geschrieben? Wieso hast du mir nie was davon erzählt?"

„Ich hab es doch erst vorgestern gefunden. Dann hatte ich es heute mit in der Schule, weil ich in der Mittagspause weiterlesen wollte. Und jetzt ist es weg."

„Oh, Mila, wieso nimmst du so etwas Wertvolles auch mit in die Schule? Wo hattest du es denn zuletzt?"

„In Musik. Da lag es auf meinem Tisch. Ich hab erst draußen gemerkt, dass ich es vergessen habe. Dann bin ich zurückgegangen und es war weg."

„War da jemand, der es hätte mitnehmen können? Es kann ja nicht einfach weg sein!"

Man sah ihr an, dass sie nachdachte. „Ja, da war ein Typ. Ein Praktikant oder so. Er hat mich beim Klavierspielen beobachtet. Und merkwürdig angestarrt. Da bin ich weggelaufen. Ich dachte, ich wäre alleine. Ich hab das Lied von Mum gespielt ..."

„Uhh, verständlich. Es war ihr Lieblingslied, oder?"

„Ja, sie hat dieses Lied geliebt."

„Aber frag diesen Typen doch einfach mal, vielleicht hat er es ja gefunden und eingesteckt." Sie schaute mich an. Ich wusste genau, dass sie es hasste, fremde Leute anzusprechen. „Mila, wenn du es wiederhaben möchtest, solltest du ihn echt fragen. Überleg mal, wie viel dir dieses Buch bedeutet."

„Ist ja gut, ich frag ihn. In der Hoffnung, dass er weiterhin an unserer Schule ist. Och, ich wollte doch dringend weiterlesen."

„Oh Mann, du musst dich wohl gedulden. Ich drück dir die Daumen, dass du es wiederbekommst." Ich musste grinsen. „Wie sah der Typ eigentlich aus? Und wie alt ist der?"

„Was weiß ich. Wie so ein typischer Student halt. Dein Alter vielleicht. Keine Ahnung. Wieso fragst du? Interesse?" Jetzt musste auch Mila grinsen und ich wurde umso röter.

„Wie kommst du denn darauf? Ich doch nicht!"

Jetzt mussten wir beide lachen, bis die Ladenglocke ertönte und Frau Delune eintrat.

„Oh, Frau Delune. Schön, Sie zu sehen. Kann ich etwas für Sie tun?", begrüßte ich unsere Stammkundin.

Der Blick von Frau Delune richtete sich erst auf mich, dann wanderte er zu Mila. Man sah ihr an, dass sie die Luft anhielt. Sie sah aus, als hätte sie einen Geist gesehen. Schnell schaute sie wieder zu mir. „Nein, danke, Liebes. Ich wollte nur kurz nach dem Rechten sehen." Damit drehte sie sich um und stolzierte zurück zur Tür.

Mein Blick heftete sich auf Frau Delunes Rücken, bevor ich aufmerksam zu Mila blickte. „Du kanntest diese Frau?"

„Nein, noch nie gesehen."

„Nicht? Merkwürdig. Scheint aber so, als würde sie dich kennen."

„Wie war ihr Name?"

„Delune. Mehr weiß ich nicht. Sie ist seit Jahren unsere einzige Stammkundin hier."

„Nein, weder jemals gesehen, noch den Namen gehört."

Nach einer guten Stunde verließ Mila unseren Laden und die merkwürdige Situation war längst vergessen. Doch am nächsten und auch am übernächsten Tag ließ Frau Delune sich nicht blicken. Somit hatte ich sehr viel Freizeit. Ab und zu betrat jemand unseren Laden, den ich beraten konnte, aber sehr viel war nicht zu tun.

Erst nach vier Tagen sah ich Frau Delune wieder.

„Sie waren lange nicht mehr im Laden, Frau Delune. Ist alles in Ordnung?", begrüßte ich sie.

„Ja, alles in bester Ordnung, danke, Liebes. Aber ich muss Ihnen etwas sagen.“ Ich hatte in diesem Moment mit allem gerechnet, aber nicht mit dem, was folgte: „Das hier wird mein letzter Besuch in Ihrem Laden sein. Ich werde wegziehen.“

Mila

Mai 2016

Viel nervöser als sonst ging ich an diesem Morgen in die Schule. Ich schlängelte mich durch die Schülermassen. Für die meisten hier war ich ohnehin unsichtbar. Ich wurde nicht ausgeschlossen, aber beliebt war ich auch nicht gerade.

Ich musste mir heute das Tagebuch meiner Mum wiederholen. Der Praktikant war groß. So viel wusste ich noch. Eigentlich konnte ich ihn nicht übersehen. Doch vor der ersten Unterrichtsstunde fand ich ihn einfach nicht. Und auch den restlichen Tag über blieb er wie vom Erdboden verschluckt. Ich konnte mich in der Schule absolut nicht konzentrieren. In keinem einzigen Fach. Und ich hatte auch noch Nachmittagsunterricht. Schrecklich.

Als es nach der sechsten Stunde klingelte, setzte ich mich im Pausenhof an einen Tisch. Ich versuchte wenigstens, die Hausaufgaben von heute zu erledigen, dann musste ich sie nicht mehr zu Hause machen. Plötzlich tauchte ein Schatten über meinen Blättern auf und ich schaute noch oben. Vor mir stand der Praktikant, der mich angrinste. Meine Fresse, wieso grinste der denn so? Zu viel Sonne abbekommen oder was? „Darf ich mich setzen?", fragte er.

Ich sagte nichts, sondern nickte nur. Als er sich niedergelassen hatte, kramte er lange in seiner Tasche und holte dann ein kleines rotes Buch hervor. Mein Herz machte einen kleinen Hüpfer. Mums Tagebuch!

„Das ist deins, oder?"

Erneut nickte ich. Er gab es mir zurück und sah mich eindringlich an. Ich brachte nur ein leises „Danke" hervor.

Er lachte. „Du musst nicht so schüchtern sein. Glaub mir, ich beiße nicht."

Jetzt musste auch ich lachen. „Hast du in das Tagebuch reingeschaut?" Er zögerte. Also ja, hatte er.

„Nein ... na ja ... okay, ja. Aber nur kurz. Wirklich. Ich hab es nach der ersten Seite sofort wieder zugeschlagen. Es ist nicht deins, oder?" Langsam schüttelte ich den Kopf.

Er legte seinen schief. „Also, wenn du nicht sprechen willst, okay. Aber der Dialog würde mir leichter fallen, wenn du auch was sagen würdest."

Er schaffte es nicht, mir jetzt ein Lächeln ins Gesicht zu zaubern. „Das Buch gehört meiner Mum. Ich hab es gefunden."

„Verstehe. Du solltest es nicht lesen, oder?"

„Sie ist tot."

Sein Gesichtsausdruck wurde ernst. „Das ... das tut mir leid."

„Schon gut. Ist lange her. Ich war vier." Seine Art gefiel mir. Er war gut drauf, machte Witze, aber in so einer Situation wurde er ernst. Ich wusste nicht richtig, wieso, aber ich mochte ihn. „Du hast also den ersten Tagebucheintrag gelesen", fasste ich zusammen.

„Jep. Wieso?"

Ich wusste nicht genau, was in mich gefahren war, aber ich sprach es trotzdem aus. Wahrscheinlich brauchte ich einfach Gesellschaft, damit ich nicht alleine war. „Willst du mit mir weiterlesen?"

Er schaute mich ein wenig überrascht an, bejahte aber meine Frage. Ich schlug das Buch auf.

23.05.1997

Das kann er doch nicht einfach machen! Wie kam er nur auf diese absurde Idee? Er kann mich nicht einfach alleine lassen. Wenn er jetzt geht, dann wird er einfach alles verpassen. Einfach alles! Meinen 18. Geburtstag. Das Abitur. Den Abiball. Mit wem soll ich da bitte hingehen, wenn er weg ist? Ich brauche ihn doch.

Wir sind seit dem Kindergarten befreundet. Wir waren schon immer unzertrennlich. Selbst die neue Klassenaufteilung konnte unserer Freundschaft nichts anhaben. Wir haben so viele schöne Erinnerungen zusammen. So viele, dass ich sie gar nicht mehr zählen kann. Wir hatten nie wirklich Streit. Nur einmal in der Grundschule. Da haben wir einen ganzen Tag lang nicht mehr miteinander geredet, doch dann haben wir es beide nicht mehr ausgehalten und uns wieder vertragen.

Und heute kommt er einfach lässig zu mir und meint, er würde ab Oktober zum Bund gehen. Zum Bund! Er meinte, ich solle das vielleicht wissen. Und dann lässt er mich einfach sprachlos stehen und

geht. Was ist nur los mit ihm? So war er sonst nie. Er hat mich noch nie einfach stehen lassen. Wie kommt er auf die Idee, zur Armee zu gehen? Er hat diese Überlegung kein einziges Mal in meiner Gegenwart erwähnt. Was ist, wenn ihm dort etwas passiert? Ich kann doch nicht ohne ihn sein! Was ist, wenn ich monatelang nichts mehr von ihm höre? Wie soll mein Leben weitergehen, wenn er nicht mehr da ist? Wie soll ich ohne meinen besten Freund das Abitur schaffen? Ich brauche doch seinen klugen Kopf neben mir. Wer soll mir jetzt helfen, wenn ich mir wieder mal wegen sinnloser Fragen den Kopf zerbreche? Was ist, wenn er nicht mehr zurückkommt?
Ich habe so Angst um dich, Chris ...

Der Praktikant schaute mich an. „Hast du jemals etwas von diesem Chris gehört?"

„Nein, ich wohne bei meinen Großeltern, aber die haben den Namen noch nie erwähnt."

„Na, dann lesen wir wohl mal weiter, oder?"

04.10.1997

Gestern war es so weit. Er ist tatsächlich in den Zug gestiegen. Kurzzeitig hatte ich noch Hoffnung, dass er bei all seinen Freunden, seiner Familie und demzufolge auch bei mir bleibt.
Ich stand etwas abseits. Zunächst ging er zu seinen Freunden, dann zu seiner Familie und zuletzt zu mir. Wir standen uns gegenüber, ohne auch nur ein Wort zu sagen. Er schaute mich lange an. Ich konnte den Schmerz in seinen Augen sehen. Ich wusste, dass er mich nicht alleine lassen wollte. Doch keiner sagte etwas. Er zögerte zuerst, doch dann nahm er meine Hand und gab mir einen Kuss auf die Wange. Er ging ein paar Schritte von mir weg, ließ meine Hand allerdings nicht los. Erst als die letzte Durchsage kam, dass sein Zug in zwei Minuten fahren würde, ließ er meine Hand langsam los, drehte sich um und ging.
Ich bemerkte, wie meine Wange nass wurde und mir eine Träne das Gesicht herunterlief. Eigentlich viel zu leise brachte ich ein zaghaftes „Chris" heraus, doch er hörte es. Er drehte sich ein letztes Mal zu mir um. Ich rannte auf ihn zu. Er umarmte mich. Auch ihm rann eine Träne die Wange hinunter.
„Schreib mir", flüsterte ich in sein Ohr. Er nickte nur. Als er das

*zweite Mal von mir weg in Richtung seines Zuges ging, rief ich ihm
etwas lauter hinterher: „Bitte vergiss mich nicht.“*
*Er drehte sich ein letztes Mal um und rief, sodass nur ich es hören
konnte: „Niemals.“ Es war ein Abschied, als würden wir uns nie
wiedersehen, und genau das brach mir das Herz.*

„Meine arme Mum. Als ob er einfach in den Zug gestiegen wäre
und sie alleine gelassen hätte.“
„Na ja, was hätte er auch anderes machen sollen?“
„Ich weiß es nicht. Es klingelt aber gleich. Ich muss rein in den
Unterricht“, bemerkte ich.
„Okay. Und ... ähm ... danke, dass du mir das alles anvertraust.“
Ich lächelte nur und packte mein Zeug zusammen. Ich war schon
am Gehen, da drehte ich mich noch einmal um. „Wie heißt du
eigentlich?“
Er grinste. „Benny. Und du?“
„Mila. Sehr erfreut.“ Ich knickste grinsend vor ihm und ging in
das Schulgebäude.

Als ich am Nachmittag nach Hause kam, sah ich zwei Umzugswagen. Endlich zog also jemand in das große Haus gegenüber von
uns ein. Die Familie musste Geld haben. Soweit ich mich erinnerte,
war das Haus nicht gerade billig. Ich schaute mich um, wer wohl
zu der Familie gehörte? Ich erkannte eine Frau und einen Mann
mittleren Alters. Der Mann trug einen Anzug und die Frau ein
enges Kleid. Entweder kamen beide gerade von der Arbeit oder die
Familie war wirklich wohlhabend. Ich erblickte an der Haustür ein
Mädchen, das definitiv jünger als ich war. Sie trug schwarze Bal-
lerinas, eine enge Jeans, die aussah, als würde man keine Luft mehr
darin bekommen, ein XXL-Handy, das zum größten Teil aus ihrer
Hosentasche herauslugte, und ein bauchfreies Top, das gerade so
alles bedeckte, was die Öffentlichkeit nicht sehen sollte. Außerdem
hatte sie einen Pferdeschwanz, der so hochgebunden war, dass er
mich an die Frisur von Chantal aus Fack ju Göhte erinnerte. Ich
rümpfte die Nase. Ein Klischee auf zwei Beinen. Ich wollte gar
nicht wissen, wie alt sie war. Herzlich willkommen bei der heutigen
Jugend. Ich ging schnell ins Haus, damit ich dieses Mädchen nicht
noch länger anstarrte.

Mai 2016

Mein größter Feind war die Brotschneidemaschine in unserer Küche. Sie stand rechts neben dem Hightechmixer von Jacob und ich hatte sie noch nie in meinem ganzen Leben berührt. Viele fanden es lustig, dass ich schon zusammenzuckte, wenn die Maschine nur anging, doch ich hatte ein richtiges Trauma. Auch wenn sie noch so schön silbern glitzerte und funkelte, ich hasste sie. Schon als kleines Kind fing ich an zu schreien, sobald jemand Brot schneiden wollte. Doch das war nur die anfängliche Angst vor lauten Geräuschen. Das richtige Trauma bekam ich an jenem sonnigen Abend, als Josef das Abendessen vorbereitete. Ich stand neben ihm und sprang munter hoch und runter. So lange, bis Josef sich fast den Finger abschnitt, da er eine Sekunde auf mich und nicht auf seine arbeitenden Hände geachtet hatte. Als ich das Blut sah, das an seinen Fingern runterlief, schrie ich auf und hielt mir die Hände vor die Augen. Ich hatte noch nie Blut sehen können. Josef handelte schnell und geschickt, band sich ein Tuch um den Finger, um die Blutung zu stoppen, und versuchte mich zu beruhigen. Er meinte, es sei alles gut, sein Finger wäre noch dran und täte ihm nicht weh. Obwohl ich ihm das zu diesem Zeitpunkt glaubte, hatte ich seitdem Panik vor unserer Brotschneidemaschine. Andere Leute fürchteten sich vor Hunden, Insekten oder der Höhe und ich eben vor dem Brotschneiden. Auch wenn es sich dumm anhörte.

Trotzdem war Josef meine Kindheitsliebe. Mit fünf wollte ich ihn unbedingt heiraten und war der festen Überzeugung, dass er mein Traummann wäre. Damals veranstaltete er sogar eine Hochzeit in meinem Kinderzimmer. Er trug einen Anzug und ich hatte mein schönstes Sommerkleid an. Überall waren rote Plastikblumen verstreut und mit Tischen und einer weißen Decke hatten wir einen Altar gebaut. Jacob war unser Trauzeuge und gleichzeitig der Pfarrer gewesen. Vielleicht wusste Josef das nicht, aber er hatte mich an diesem Tag zum glücklichsten fünfjährigen Kind auf der Welt gemacht. Auch heute noch mochte ich ihn sehr. Er war der Einzige, der immer an mich glaubte. Egal, um was es ging, Josef stand hinter mir.

Meine Gedanken kehrten zum Hier und Jetzt zurück. Die Reise in die Vergangenheit war beendet. Mein Blick richtete sich auf meinen Teller, der vor mir auf dem Esstisch stand. Ein halbes Brötchen, belegt mit Schinken, und ein Spiegelei. Wie immer hatte Josef mein Spiegelei hervorragend zubereitet. Einigermaßen rund und es war genau 3:45 Minuten in der Pfanne gewesen. Es sah schon fast zu perfekt aus, aber Josef hatte ja auch Übung, denn ich aß bestimmt viermal in der Woche ein Spiegelei zum Frühstück, welches jedes Mal von ihm zubereitet wurde.
Ich saß an der Stirnseite unseres Esstisches und hatte Josef gebeten, sich zu mir zu setzen. Er hatte mir frontal gegenüber an der anderen Schmalseite des Tisches Platz genommen. Die Szene wirkte ein wenig wie ein Abendmahl vor fünfhundert Jahren am Hof eines Prinzenpaares. Josef hatte ein rundliches Gesicht. Seit ich ihn kannte, hatte er eine Glatze und das netteste Lächeln, das ich jemals gesehen hatte. Egal, in welcher Situation man war, er hatte immer einen guten Ratschlag parat. Ich konnte mit Josef besser über all das, was mir auf dem Herzen lag, reden als mit meinen Eltern. Was unter anderem daran lag, dass meine Eltern nie zu Hause waren, sondern auf der Arbeit. Wäre es anders gewesen, hätten wir nicht so viel Geld und könnten uns nicht einen gewissen Luxus leisten. Allerdings mussten wir vor etwa fünf Jahren aufgrund ihrer Arbeit aus Frankreich wegziehen. Ich wurde in Paris geboren, ebenso wie Jacob. Wir wurden beide zweisprachig aufgezogen, konnten fließend Deutsch und Französisch, und der Umzug in ein neues Land war kein großes Problem, auch wenn ich meine alte Heimat sehr vermisste. Den Eiffelturm, den ich von meinem Fenster aus sehen konnte, vermisste ich am meisten.

Das Radio riss mich aus meinen Gedanken, ich lauschte den Klängen der Musik und mein Herz machte einen Sprung. Das war das Lied, auf das ich am liebsten tanzte. Das Tanzen erfüllte mein Leben. Es hatte mich schon immer unglaublich glücklich gemacht, wenn ich mich zur Musik bewegen konnte. Mein Herz verschmolz jedes Mal mit der Melodie und mein Körper machte Bewegungen, die ich teilweise nicht nachvollziehen konnte, da ich der unsportlichste Mensch auf der Welt war.

Früher hatten mich meine Eltern jeden Freitag zum Ballettunterricht geschleppt, da sie dachten, es sei gut für meine Körperhaltung und meiner Liebe zum Tanzen wäre somit Genüge getan. Jedoch waren es die qualvollsten Stunden meines Lebens. Es war, als würde man einem Elefanten sagen, er solle sich wie eine Maus bewegen. Es passte einfach nicht. Josef war der Einzige, der erkannte, dass meine Liebe zum Tanz nur bei Hip-Hop entflammte. Doch meine Eltern mochten die moderne, harte Musik nicht und so durfte ich nicht zum Hip-Hop-Training gehen. Ich brachte mir alles selbst bei. Manchmal bewegte ich mich auch gerne zu ruhigeren Liedern. Das ging dann in Richtung Contemporary. Gefühlvoller Tanz. Ohne Regeln. Doch Hip-Hop war meine wahre Liebe. Und Josef wusste das.

Er sah mich an und nickte in Richtung Wohnzimmer. „Tanzt du mir etwas vor?"

Ich erfüllte ihm diesen Wunsch. Sofort als ich anfing zu tanzen, durchströmte mich das Gefühl der Zufriedenheit. Ich plante nicht, welchen Schritt ich als Nächstes machen würde. Ich tanzte mit dem Herzen. Und aus unbegreiflichen Gründen passten immer alle Schritte perfekt zusammen.

Als ich nach einer Minute keuchend zum Stehen kam, da ich wirklich absolut keine Ausdauer hatte, sah mich Josef ernst an. „Mädchen, du solltest etwas aus deinem Talent machen. Nicht jeder kann mit elf Jahren so tanzen. Ich glaub an dich!"

Dieser letzte Satz ließ mein Herz aufgehen. Es tat so gut zu hören, dass jemand hinter einem stand. Nicht wie meine Eltern, die grundsätzlich gegen alle meine Wünsche waren.

Benny

Mai 2016

Noch immer war ich sehr verblüfft von Mila. Ich hätte nicht erwartet, dass sie mich mitlesen lassen würde. Doch jetzt war ich total angetan von der Geschichte ihrer Mutter und wollte unbedingt wissen, wie es weiterging.

Ich sah Mila am nächsten Tag in der Schule wieder. Sie kam schon vor der ersten Stunde grinsend auf mich zu. Ihr Lachen war echt wunderschön, stellte ich anerkennend fest.

„Schon was vor heute?", begrüßte sie mich.

Ich dachte kurz nach, aber mir fiel nichts ein. „Nicht, dass ich wüsste."

„Gut, jetzt hast du was vor. Wir treffen uns nach der sechsten Stunde vor der Schule, okay?"

„Geht klar. Aber woher weißt du, dass ich heute sechs Stunden habe?"

„Tja, ich weiß alles. Gewöhn dich dran", gab sie zurück, musste grinsen und verschwand schließlich in den Schülermassen. Ich mochte dieses Mädchen.

Die Zeit bis zum Unterrichtsende verging nur schleppend. Als es endlich klingelte, sprang ich auf wie die ungeduldig wartenden Schüler um mich herum. Was war nur los mit mir?

Ich fand Mila vor der Schule und fragte, was wir denn heute machen würden, doch ich bekam keine konkrete Antwort. Wir fuhren mit dem Bus in die total überfüllte Stadt. Mila schlängelte sich so geschickt durch die Menschenmassen, dass ich Probleme hatte, ihr so schnell zu folgen. Irgendwann bog sie in eine Seitenstraße ein und blieb vor einem kleinen Buchladen stehen. Verwirrt schaute ich mich um. Wollte sie jetzt ernsthaft mit mir Bücher shoppen gehen? Doch als sie eintrat, begrüßte sie die junge Frau hinter der Theke so wie eine gute Freundin. Wir waren wohl nicht wegen der Bücher hier.

„Darf ich dir Benny vorstellen?", sagte Mila zu der Buchhändlerin.
Sie lächelte mich an. „Schön, dich kennenzulernen, schon viel von
dir gehört."

Mila warf ihr einen ernsten Blick zu. Hauptsache, ich hatte dieses
Mädchen noch nie in meinem Leben gesehen ... aber gut.

„Benny, das ist Diana, meine Schwester im Herzen."

„Freut mich." Auch ich lächelte und schaute mir die junge Frau
erst einmal genauer an. Wow. Mehr fiel mir nicht ein. Sie sah wunderschön aus. Wirklich unbeschreiblich schön. Diese braunen Augen waren der Wahnsinn. Schnell schaute ich wieder zu Mila. Der
Anblick von Diana machte mich fertig.

Mila ergriff das Wort und erklärte, weshalb wir hier waren. „Weil
ihr beide wissen wollt, was in dem Tagebuch steht, hab ich mir
gedacht, wir lesen es einfach zusammen."

„Sehr gut kombiniert, Detektivin Mila. Vortreffliche Idee", lobte
ich sie amüsiert.

Sie verdrehte die Augen, musste aber lachen. Anschließend holte
sie das Tagebuch hervor und gab es Diana. Sie hatte die ersten drei
Tagebucheinträge noch nicht gelesen. Während sie dies nachholte,
unterhielt ich mich mit Mila.

„Du hast nicht zufällig die Nummer von Diana?", flüsterte ich
möglichst unauffällig.

Doch Mila musste so laut loslachen, dass die von mir ausgehende
Diskretion komplett überflüssig wurde. Sie holte ihr Handy hervor
und meinte zu Diana gewandt: „Ich mach dir gerade einen Typen
klar. Sag Danke." Die Angesprochene aber lachte nur und las weiter
in dem Tagebuch. Mila gab mir derweil Dianas Nummer und auch
ihre eigene. Als Diana mit dem Lesen fertig war, setzte sie sich zu
uns. Mila nahm ihr das Tagebuch ab und schlug es auf.

11.03.1998

*Wuhuuuuu! Endlich 18! Meine Eltern hatten mir überraschender-
weise erlaubt, meinen Geburtstag zu feiern. Normalerweise sind sie
nie locker, was Partys angeht. Doch diesmal hatten sie es erlaubt
und sind ins Kino gegangen, das heißt, ich hatte das ganze Haus für
mich. Es war eine grandiose Feier. Alle Leute, die ich gerne hatte,
waren da. Etwa 20-30 Leute. Das ist für meine Verhältnisse schon
sehr viel. Einige waren Begleitpersonen der eingeladenen Gäste und*

ich kannte sie zuvor selbst nicht. Unter ihnen war auch Tobias. Er ist ein guter Freund von Sarah, Chris' Schwester. Er kam irgendwann auf mich zu, als ich mal eine Pause machte und ein wenig abseits von den anderen stand. Wir haben uns zunächst nur unterhalten. Über jeden Mist. Ich konnte mit ihm über alles reden. Nur Chris erwähnte ich nicht, warum auch immer. Wir verstanden uns wirklich gut. Er hörte mir zu und beobachtete mich. Als ich aufhörte, ihn ununterbrochen vollzuquatschen, herrschte im ersten Moment eine peinliche Stille zwischen uns. Wir lächelten uns an, bis auch er anfing zu erzählen. Seine Stimme war rau und tief. Ich hätte ihm stundenlang zuhören können. Er ließ mich Chris vergessen. Ob dies ein gutes oder schlechtes Zeichen ist, habe ich noch nicht herausgefunden. Doch irgendwann war der schöne Moment mit ihm vorbei, da er gehen musste. In den letzten zwei Tagen habe ich viel an ihn gedacht. Meine Gedanken schweiften nur noch selten zu Chris …

Mila schlug das Buch zu. Entgeistert sah ich sie an. „Was ist los?"
„Tobias ist so ein Arschloch!", polterte sie los.
Diana fragte: „Hieß dein Vater nicht Tobias?"
„Ja. Das ist mein Vater. Und ich wünschte, meine Mum hätte ihn nie kennengelernt. Er hat sie sitzen gelassen, als ich noch klein war."
„Aber ohne ihn gäbe es dich nicht, das ist dir klar?", rutschte es mir raus. Ob das der richtige Kommentar in dieser Situation gewesen war?
Doch sie antwortete sehr gelassen: „Ja, ich weiß. Trotzdem."
„Schön und gut. Oder halt nicht schön. Aber können wir jetzt weiterlesen?", erwiderte ich.

16.07.1998

Vor drei Wochen habe ich meine letzte Abiturprüfung erfolgreich abgelegt und hatte seitdem Zeit, gründlich nachzudenken. Ich lag viele Nächte schlaflos da und habe Löcher in die Decke gestarrt oder die Sterne am Himmel gezählt. Fast ein Jahr ist es her, seit Chris weggegangen ist. Fast ein ganzes Jahr. Ich fühle mich oft alleine. Immerhin konnte ich mich so besser auf die Prüfungen konzentrieren, aber jetzt, wo die Schule vorbei ist, vermisse ich ihn schrecklich. Ich sitze lustlos da, starre geradeaus und hoffe, nicht angesprochen zu werden. Zu Hause stochere ich in meinem Essen herum und sage fast gar nichts. Abends sitze ich am Fenster und schaue in die Ferne, ohne zu wissen, worauf ich eigentlich warte. Ab und zu, wenn ich so ins Nichts schaue, habe ich auch Tobias, den Jungen von meinem Geburtstag, vor Augen. Er ist nett und ich habe mich wirklich sehr gut mit ihm verstanden, doch im nächsten Moment drängt sich wieder Chris in mein Bewusstsein. Und wenn ich die beiden vergleiche, ist Tobias einfach nichts im Gegensatz zu Chris. Letzterer sieht besser aus mit seinen dunkelblonden Haaren, seinen meeresblauen Augen und seinem gebräunten, gut gebauten Körper. Dazu noch sein verschmitztes Lächeln, wenn er mich anschaut. All das hat Tobias nicht und er wird es auch niemals haben.

In letzter Zeit habe ich Chris ein paar Briefe geschrieben und ihm erklärt, wie es hier so ist. Und ich habe ihn gefragt, wie es ihm ginge. Kein Brief wurde zurückgeschickt. Aber auch keiner beantwortet. Kein Brief. Kein Anruf. Kein Lebenszeichen. Nichts.

In der ersten Zeit hatte er garantiert viel zu tun, das verstehe ich, aber nach fast einem Jahr ... Ob er noch weiß, dass es mich gibt? Ob er mich vergessen hat?

5.08.1998

Ach, das Leben kann so schön sein! Nach so vielen Monaten, die ich traurig und an Chris denkend in meinem Zimmer verbracht habe, bin ich endlich mal wieder glücklich. Vor einer Woche habe ich Tobias in der Stadt getroffen. Wir waren beide froh, einander wiederzusehen. Gestern war ich mit ihm im Kino. War ganz nett, doch das eigentlich schöne Ereignis kam später. Nach dem Kino hat er mich mit auf eine Wiese geschleppt. Wir haben uns ins Gras gelegt. Es war schon dunkel und so konnten wir die Sterne beobachten. Wir konnten uns wie an meinem Geburtstag einfach über alles unterhalten. Ich war lange nicht mehr so glücklich wie an diesem Abend. Er hat mich sogar noch nach Hause gebracht wie ein Gentleman. Die ganze Nacht lag ich wach und dachte an ihn.

Ich glaube, ich mag ihn ein wenig mehr, als eigentlich geplant war.

„Na super. Das endet nicht gut mit denen ...", kommentierte ich. Mila sah mich an. „Ach nein? Es ging auch nicht gut aus", erinnerte sie mich schnippisch. Stimmt. Das hatte ich vergessen. Wir kannten das Ende ja bereits.

45

Mila

Mai 2016

Als ich zu Hause ankam, war es schon spät und so ging ich direkt nach oben. Ich stand im Bad lange vor dem Spiegel und musterte mich. Ich sah meiner Mum wirklich erstaunlich ähnlich. Wie aus dem Gesicht geschnitten. Ich hatte ein Bild von ihr, als sie siebzehn Jahre alt war. Meine Haare waren ebenso wie ihre hellbraun und glatt. Und unsere Augen waren ebenfalls identisch. Sie waren wie Kristalle. Blau und funkelnd. Meine Großeltern und auch Diana sagten mir oft, dass ich genauso bildschön wäre wie sie. Ich war noch sehr jung, als sie starb. Aber trotzdem hatte ich Erinnerungen an sie. Schöne Erinnerungen. Wir hatten ein sehr gutes Mutter-Tochter-Verhältnis gehabt, so viel wusste ich.

Ich ging in mein Zimmer und setzte mich ans Fenster. Es war eine kalte Julinacht und es regnete. Auf den Straßen bildeten sich Pfützen und die Welt sah düster und traurig aus. Von den Fensterbrettern tropfte der Regen und es sah aus, als würden die Häuser weinen. Ich schaute in den Himmel, doch durch die Wolken konnte man in dieser Nacht keine Sterne erkennen.

Ich lehnte meinen Kopf gegen die Fensterscheibe. Mein Atem ließ das Glas beschlagen. Meine Gedanken schweiften wieder zu meiner Mum, dem Tagebuch und all dem, was in den letzten Tagen passiert war. Ich vermisste meine Mum. Jetzt wo ich das Tagebuch gefunden hatte, umso mehr. Das Gefühl, ohne sie auskommen zu müssen, war nicht schön. Ein Kind brauchte seine Mutter. Ich war froh, dass ich sie wenigstens in meinen ersten vier Lebensjahren gehabt hatte. Ich hatte sie wegen eines Autounfalls verloren. Manchmal fragte ich mich, was wäre, wenn sie damals nicht in das Auto gestiegen wäre. Aber wahrscheinlich wollte es das Schicksal so, und wenn sie nicht durch den Autounfall gestorben wäre, dann irgendwie anders. Trotzdem verstand ich oft nicht, wieso ausgerechnet mir meine Mutter weggenommen worden war. Ich musste doch schon ohne Vater aufwachsen. Wäre es da nicht eigentlich fair gewesen, mir wenigstens meine Mum zu lassen? Aber das Leben war nun mal nicht fair.

Durch ihr Tagebuch fühlte ich mich meiner Mum wieder ein wenig näher. Ich bekam einen Einblick in ihr Leben, und wenn ich las, was sie vor Jahren geschrieben hatte, war es, als wäre sie bei mir und würde mir das alles erzählen. Tief in mir drin wusste ich, dass sie immer bei mir sein würde. Ich legte meine Hand auf mein Herz. Genau da hatte sie ihren Platz. Egal, was passieren würde.

Erneut schaute ich in den Himmel. Ob sie mich wohl von dort oben Tag für Tag beobachtete? Ich wusste es nicht.

Es schlug elf Uhr, als ich ihn das erste Mal sah. Er stand an der Straße vor dem Haus, in das die wohlhabende Familie eingezogen war, neben einem Mofa mitten im Regen. Was machte er da? Er trug Jeans und eine Lederjacke über einer Sweatjacke und er war ungefähr in meinem Alter. Er zog seine Kapuze tiefer ins Gesicht. Wassertropfen hingen an seinen Haarspitzen, die verschwanden, als er sich mit der Hand durch die Haare fuhr. Er schaute sich um. Sein Blick blieb an meinem Fenster hängen, da ich vermutlich die einzige Person war, die er sehen konnte. Für Millisekunden hatten wir Blickkontakt, bevor er sich wieder auf den Helm konzentrierte, den er in der Hand hielt, ihn aufsetzte und auf das Mofa stieg. Ich konnte den Motor deutlich hören, als er ihn startete. Ein letztes Mal drehte er sich um. Seine Augen ruhten auf mir. Es war, als würde mich sein intensiver Blick in seinen Bann ziehen. Seine Erscheinung raubte mir den Atem. Mein Herz stockte. Er sah Angst einflößend aus und gehörte eigentlich zu der Sorte Mensch, der ich abends im Dunkeln nicht unbedingt begegnen wollte. Ich starrte ihn an und war froh, dass er mich durch das regenbedeckte Fenster nicht genau erkennen konnte. Den Blick immer noch auf mich geheftet, klappte er das Visier nach unten. Erst kurz bevor er losfuhr, richtete er seine Augen auf die Straße. Er düste davon, während ich ihm noch eine ganze Weile hinterherschaute.

Jacob

Mai 2016

Der Regen prasselte auf mich nieder, als ich mit dem Mofa davonfuhr. Ich konnte die Straßen kaum erkennen, da das Visier beschlagen war. Ich war spät dran und so raste ich teilweise über rote Ampeln. Gott sei Dank waren nicht viele Autos unterwegs. In zwei Kurven legte ich mich fast hin, da die Straßen durch den Regen sehr glatt waren. Die Reifen quietschten, als ich vor dem kleinen Ein-Euro-Laden abbremste und zum Stehen kam.

Michael wartete schon auf mich. Er hatte seine Hände in den Hosentaschen versenkt und sein Blick sah düster aus.

Warum hatte ich mich auch durch das Mädchen am Fenster ablenken lassen? Sonst wäre ich nicht zu spät gekommen.

Michael war ein paar Jahre älter als ich. Manchmal konnte man wirklich Angst vor ihm haben. Seine Art und auch sein Aussehen waren furchterregend. Er trug Silberketten um den Hals, seine Haare waren auf vier Millimeter abrasiert und er trug, egal, welche Jahreszeit war, schwarze Stiefel.

Ich ließ mein Mofa stehen und ging auf ihn zu. Er nickte nur mit dem Kopf in Richtung Tür. Es war dunkel und ich konnte kaum etwas erkennen, aber ich wusste genau, was zu tun war. Mein Herz schlug schneller, doch ich durfte jetzt nicht kneifen. Ich sammelte mich kurz und hieb dann mit einem Stein in der Hand auf die Glasscheibe ein. Meine Hand schmerzte höllisch. Sie fing an zu bluten, doch ich ignorierte es. Die Alarmanlage ging los. Der Lärm war ohrenbetäubend und erfüllte die Nacht. Warum zur Hölle hatte so ein winziger Laden, in dem du dich kaum bewegen konntest, ohne irgendwo anzustoßen, eine Alarmanlage?

Ich griff durch die eingeschlagene Scheibe und öffnete die Tür. Michael und ich betraten das Ladeninnere. Wir verstauten gerade Waren in unseren Taschen, als ich einen Schatten draußen bemerkte. Ich blickte auf. Ein Mann stand vor dem Laden. Ich erkannte ihn sofort an seiner zerfetzten Jacke. Genau diese hatte er damals auch angehabt.

Wut stieg in mir auf. Mit schnellen Schritten ging ich auf die Tür zu. Ich riss sie auf und stürmte auf den Mann zu, um ihm ins Gesicht zu schlagen. Leider reagierte er schnell genug und rannte weg. Es war eine wilde Verfolgungsjagd. Er war nur ein paar Meter vor mir. Unsere Schritte hallten auf dem Kopfsteinpflaster. Wir rannten durch enge Gassen, über Wiesen und durch kleine Vorgärten. Der Wind peitschte mir ins Gesicht und meine Hand fühlte sich an, als würde sie gleich abfallen. Das Blut lief meinen Arm hinunter und es ärgerte mich, dass meine Lederjacke jetzt am Arsch war. Meine Füße konnten langsam nicht mehr, doch ich gab nicht auf und stolperte hinter ihm her. Zum Glück war ich einigermaßen trainiert und meine Ausdauer nicht die schlechteste.

Zu seinem Pech wurde er langsamer. Ich streckte meine gesunde Hand nach vorne aus, griff nach seiner Jacke und zog ihn nach unten. Auf dem nassen Boden rutschte er aus und fluchte. Jetzt konnte ich ihm genau ins Gesicht sehen. Er hatte immer noch die Narbe links über dem Auge und sah ebenso hässlich aus wie damals.

Ich schnaufte kurz durch und ließ ihn aufstehen. Das hier sollte ein fairer Kampf werden. Er packte mich an meiner Jacke, doch was auch immer er vorhatte, er war nicht sehr erfolgreich. Ich schlug ihm mitten ins Gesicht und er taumelte zurück. Als er sich gefasst hatte, kam er auf mich zu.

Panik stieg in mir auf. Das würde nicht gut enden. Ich bezweifelte, dass ich mehr Kraft hatte als ein erwachsener Mann. Er holte aus und leider Gottes konnte ich nicht schnell genug ausweichen. Ich spürte seine Faust an meinem rechten Auge. Eine Hitzewelle durchströmte mich. Kurz danach folgte der Schmerz. Ich stürzte nach hinten und schlug auf dem Steinboden auf. Ich spürte seine Tritte an meinen Rippen.

Ich hörte Sirenen und kurz darauf sah ich das Blaulicht. Ein Polizei- und ein Krankenwagen kamen neben mir zum Stehen. Zwei Polizisten und eine Sanitäterin sprangen aus den Autos. Sie zerrten den Mann von mir herunter. Die Polizisten legten ihm Handschellen an. So viel bekam ich noch mit. Die Frau kniete sich neben mich und versuchte, mich anzusprechen. Ich war ein wenig benommen, konnte aber alle Fragen beantworten, die sie mir stellte. Sie half mir auf und schaute sich meine Verletzungen an. Ich hatte tiefe Schnittwunden an meiner Hand, ein ziemlich geschwollenes Auge und viele blaue Flecken. Mein Körper hatte keine Kraft mehr und meine Gelenke fühlten sich an, als würden sie gleich den Geist aufgeben. Ich wollte nur noch hier weg.

Diana

Mai 2016

Benny und Mila wollten heute wiederkommen. Ich mochte Benny. Seine lustige und positive Art gefiel mir, doch sonst wusste ich absolut nichts über ihn. Abgesehen von den wenigen Stunden, in denen ich ihn gemeinsam mit Mila gesehen hatte, hatten wir keinen Kontakt. Mila hatte ihm zwar meine Nummer gegeben, aber er hatte sich noch nicht bei mir gemeldet. Ich sollte mir ohnehin keine Gedanken über Jungs machen. Ich hatte überhaupt keine Zeit, mich mit einem zu treffen oder auch nur mal einen Kaffee trinken zu gehen. Ich musste ständig im Buchladen sein. Meine Eltern waren beide nicht mehr ganz fit und so musste ich arbeiten und das Geld verdienen.

Als die Ladenglocke ertönte und Mila und Benny eintraten, beriet ich gerade noch eine Kundin, die ein paar Bücher bestellen wollte. Benny schaute mich liebevoll lächelnd an und am liebsten hätte ich die Kundin stehen gelassen, um sofort zu ihm zu gehen. Doch das konnte ich nicht machen. Wir brauchten das Geld.

Als sie endlich den Laden verließ, setzte ich mich auf meinen Sessel zu Mila und Benny. Wir unterhielten uns nicht lange, denn sogleich holte Mila das Tagebuch hervor. Wir alle wollten dringend wissen, was als Nächstes in Lorenas Leben passiert war. Ich vermisste sie sehr und konnte mir gar nicht vorstellen, wie es erst Mila gehen musste. Ihre Mutter war so eine wundervolle, liebe, nette Person gewesen und ich war extrem froh, sie kennengelernt zu haben.

Mila schlug das kleine Buch auf und wir beugten uns interessiert darüber.

13.11.1998

Ich weiß nicht, was ich tun soll! Ich mag Tobias wirklich sehr und ich glaube, auch er mag mich. Aber was ist mit Chris?
Wie kann ich mit Tobias zusammen sein, wenn ich ständig an einen

anderen Jungen denke? Aber was ist, wenn ich mein Leben lang auf Chris warte und er niemals wiederkommen wird? Wahrscheinlich hat er dort, wo auch immer er jetzt ist, schon längst eine Freundin gefunden. Wir haben eh nie zusammengepasst. Er sieht viel zu gut aus. Ich habe schon mein ganzes Leben lang nicht gewusst, was so ein gut aussehender Typ von mir will. Mehr als Freundschaft war dann aber wohl doch nie zwischen uns. Auch wenn es schon zweimal fast zu mehr gekommen ist.

Damals, als ich ungefähr 15 war, waren wir einmal alleine unterwegs. Es war wie ein magischer Moment. Wir waren am Strand unterwegs und die schon untergehende Sonne spiegelte sich im Wasser. Wir standen uns gegenüber und unsere Gesichter kamen sich immer näher. Meine Hand berührte seine Wange. Mein ganzer Körper kribbelte, doch ehe etwas passieren konnte, wichen wir beide erschrocken zurück.

Das zweite Mal waren wir auf einer Party. Ich war 17. Es war zwei Monate, bevor er mir gesagt hat, dass er zur Armee gehen würde. Wir waren beide leicht angetrunken und kamen uns näher, als Freunde das normalerweise tun. Keiner von uns sprach jemals darüber. Ich weiß bis heute nicht, was das damals eigentlich bedeutete. Doch Chris ist nicht mehr da. Er ist vermutlich sogar aus meinem Leben verschwunden.

Wenn ich mich entscheiden sollte zwischen Chris und Tobias, würde ich immer Chris wählen. Aber er war nun mal nicht da. Vielleicht sollte ich auf ihn warten? Doch das würde ich nicht durchstehen, denn vermutlich kommt er nie wieder. Es lohnt sich nicht, auf ihn zu warten. Und vermutlich hat er mich schon längst vergessen. Es tut mir leid, Chris …

Oh je. Da steckte wohl jemand so richtig im Gefühlschaos!

Mila atmete einmal tief durch, Benny streckte sich und irgendwie wusste keiner so recht, was er sagen sollte.

Schließlich ergriff ich das Wort und sprach meine Gedanken laut aus. „Man sollte sich nie in seinen besten Freund verlieben. Das endet nicht gut."

Benny schaute mich skeptisch an. Allein an seinem Blick konnte ich erkennen, dass er anderer Meinung war. „Du kannst doch nichts dafür, wenn du dich verliebst. Dein bester Freund ist derjenige, mit dem du normalerweise am meisten Zeit verbringst. Da kann es schnell mal passieren, dass aus Freundschaft mehr wird. Außerdem kennst du deinen besten Freund so gut wie kaum einen anderen und euch verbindet ein enormes Vertrauen. Meinst du nicht?"

Natürlich wusste ich, dass seine Worte Sinn ergaben, aber das wollte ich nicht zugeben. Ich zuckte nur mit den Schultern. „Wir werden ja sehen, mit wem sie später zusammenkommt. Lass uns weiterlesen."

28.12.1998

Ich glaube, ich habe die richtige Entscheidung getroffen. Ich habe mich gegen Chris und für Tobias entschieden. In letzter Zeit habe ich mich oft mit ihm getroffen. Gerade jetzt in der Weihnachtszeit ist es wunderschön. Letztens waren wir auf dem Weihnachtsmarkt und ich kann gar nicht genug davon schwärmen. Wir standen an einem Tisch, haben heißen Tee getrunken und sehr viel gelacht. Er meinte, ich sehe sehr süß aus, da ich gefühlte zehn Schichten anhatte. Es lag schon Schnee und war wirklich kalt.
Irgendwie weiß ich gar nicht, wieso ich das alles in dieses Tagebuch schreibe, aber die Kernaussage von allem ist: Ich bin glücklich. So glücklich wie noch nie! Na ja, sagen wir, so glücklich wie schon lange nicht mehr. Wir wollen es ja nicht gleich übertreiben.

Über mein Gesicht huschte ein Grinsen. Ich streckte Benny die Zunge raus. „Ich hab doch gesagt, sie wird nicht mit ihrem besten Freund zusammenkommen. Bäm, ich wusste es!"

Benny verdrehte die Augen. Zu Mila gewandt, den Blick aber trotzdem auf mich gerichtet, meinte er trocken: „Achtung, wir sollten Abstand alten. Gleich rastet sie aus, weil sie sich so cool fühlt."

Jetzt mussten wir alle drei lachen, lasen aber schnell weiter. Wir hatten gerade mal die Hälfte des Buches geschafft. Seit Mila das Ding angeschleppt hatte, fragte ich mich, ob Lorena wirklich bis zu ihrem Todestag in dieses Buch geschrieben hatte.

30.03.1999

Heute wird kein langer Eintrag kommen, aber ich wollte trotzdem die neuesten Ereignisse aufschreiben. Kurz nach meinem 19. Geburtstag, den ich mit ein paar wenigen Freunden, darunter natür-

lich Tobi, gefeiert habe, saß ich mit ihm im Park auf einer Bank.
Wir sind vorher ein wenig durch die Stadt gelaufen. Auf jeden Fall
saßen wir dann eine ganze Weile auf der Bank, haben uns echt lange
unterhalten. Ich mach's kurz, ich muss gleich los. Wir haben uns ge-
küsst (es war so unbeschreiblich schön!!!) und er hat mich gefragt, ob
wir zusammen sein wollen. Natürlich habe ich mit JA geantwortet.

„Natürlich hat sie mit Ja geantwortet. Weil man ja schließlich
nicht mit seinem besten Freund zusammenkommt", schlug ich
erneut in dieselbe Kerbe.

„Jetzt sollten wir wirklich Abstand halten. Sie hebt ja gleich ab vor
Coolness", stellte Benny sarkastisch fest.

Ich schlug ihm leicht mit der Hand gegen die Schulter. Benny fiel
gespielt theatralisch zur Seite und hielt sich die Stelle, an der ich ihn
getroffen hatte. „Aua. Schlag bloß nicht fester zu, sonst sterbe ich."

Mila verdrehte die Augen und las weiter. Ich schaute in Bennys
braune Augen und musste schmunzeln. Als auch er grinste, beugten
wir uns wieder vor, um gemeinsam mit Mila weiter in dem Tagebuch zu lesen.

10.03.2000

Fast ein Jahr ist es schon her, dass ich das letzte Mal etwas in dieses
Buch geschrieben habe. Unglaublich, wie schnell die Zeit vergeht.
Ich bin mittlerweile schon 20 … unfassbar. Als ich dieses Buch fand,
war ich 17. Drei Jahre ist das schon her.
Ich bin schon seit über einem Jahr mit Tobi zusammen. Glücklich
zusammen. Wir haben uns vor Kurzem eine gemeinsame Wohnung
gesucht. Wir wollten beide raus aus dem Elternhaus. Mum und Dad
fanden es schade, dass ich gehen wollte, aber sie haben es überra-
schenderweise sogar verstanden. Ich bin auch nicht weit weg gezogen.
Wohne immer noch in derselben Stadt.
Ich arbeite jetzt in einem Restaurant. Muss mir ja irgendwie mein
Geld verdienen. Mein Traumjob ist es nicht, aber es ist okay. Nur in
letzter Zeit gibt es ein wenig Stress auf der Arbeit. Total viele Arbeits-
kräfte fehlen aufgrund von Krankheit. So muss ich mehr Stunden
in der Woche arbeiten. Aber auch das gibt sich mit der Zeit wieder.
Hoffe ich zumindest. Ich befürchte, ich habe demnächst nicht allzu
viel Zeit, wieder in das Tagebuch zu schreiben. Genauso wie das

Jahr zuvor, vermute ich. Da kam ja auch nur ein Eintrag im Jahr. Ich glaube, ich habe jetzt verstanden, warum kleine Kinder ein Tagebuch haben und nicht erwachsene Leute. Die haben einfach zu wenig Zeit dafür. Aber ich versuche, es nicht ganz aufzugeben. Es ist einfach so eine schöne Erinnerung. Wenn ich jetzt lese, was ich vor zwei oder drei Jahren geschrieben habe, muss ich immer lächeln. Vielleicht lesen in ein paar Jahren ja mal meine Kinder dieses Buch. Letztens habe ich wieder an Larry gedacht. Ich weiß nicht, ob ich damals eine kluge Entscheidung getroffen habe. Ich habe ihn wirklich über alles geliebt. Aber na ja, jetzt kann ich so oder so nichts mehr ändern ...

Mila sah auf. „Ja, ihr Kind liest dieses Tagebuch. Auch wenn Mum es nie wissen wird." Ich konnte den Schmerz in ihrer Stimme genau hören. Sie vermisste ihre Mutter.

Dann schaute sie verwirrt auf die blau beschriebene Seite. Sie wusste also genauso wenig wie ich, wer zum Teufel Larry war. Gab es in Lorenas früherem Leben etwa noch einen Jungen? Ich wusste so wenig von ihr und hoffte sehr, dass ich im Laufe des Tagebuches noch mehr erfahren würde. Ich hatte zu wenig Zeit mit ihr gehabt. Es war nicht fair, dass sie so früh sterben musste.

Ich schaute zu Benny. Auch er starrte wie benommen auf die Seite. Schade eigentlich, dass er Lorena nie kennengelernt hatte. Die beiden hätten sich bestens verstanden. Auch Lorena hatte einen ausgeprägten Sinn für Humor.

Nach diesem Eintrag waren wir alle etwas nachdenklich. Ich hatte Mila versprochen, nach Ladenschluss mit zu ihr zu gehen. Da es schon nach 19 Uhr war, packte Mila das Tagebuch ein und ich räumte alles, was noch herumlag, zusammen. Benny stand währenddessen an der Tür und tippte etwas auf seinem Handy. Als mein Handy vibrierte, blickte ich auf. Ich wusste genau, dass Benny mir geschrieben hatte, und musste lächeln, doch ich sah ihn nicht an, obwohl ich spürte, dass sein Blick auf mir ruhte.

Wir verließen den Laden, ich drehte das Geöffnet-Schild herum, sodass jetzt Geschlossen an der Tür stand, und schloss ab. Wir liefen zur Bushaltestelle und warteten. Benny meinte, er müsse auch in unsere Richtung, würde aber zwei Haltestellen vorher aussteigen.

Als endlich der Bus mit quietschenden Reifen um die Ecke fuhr, atmete ich auf. Aus mir unbegreiflichen Gründen konnte ich nämlich nicht mehr stehen. Ich setzte mich zu Mila und Benny nahm vor uns Platz. Ich sah nach draußen. Viele Autos waren unterwegs. Wahrscheinlich alles Leute, die gerade von der Arbeit kamen. Eine junge Mutter hetzte mit ihrem Kind über die Straße, als wir an der Ampel standen. Sie sah sehr jung aus und erinnerte mich ein wenig an Lorena, wie sie früher mit Mila durch die Straßen gegangen war.

Ein hellgrünes Auto kam neben uns zum Stehen. Wie klein es neben unserem Bus aussah. Fast wie ein Spielzeugauto. Niedlich. Aber ich mochte die Farbe nicht. Wir fuhren weiter. Das kleine grüne Auto bog um die Ecke und entfernte sich aus meinem Sichtfeld.

Als wir kurze Zeit später wieder anhielten, stand Benny auf. Ich lächelte ihn an, sagte aber nichts. Auch Mila schwieg. Vermutlich waren ihre Gedanken noch bei dem Tagebuch, das sich in ihrer blauen Tasche befand, welche sie fest umklammerte. Benny stieg aus und sah ein wenig traurig aus, da Mila ihn gerade absolut nicht beachtete. Ich beobachtete ihn, wie er die Straße entlangging. Seine leichten Locken schwangen auf und ab.

An der übernächsten Station stieg ich mit Mila aus. Wir liefen auf dem Bürgersteig entlang, ich schaute Mila besorgt an und fragte sie, wie es ihr eigentlich ginge. Sie zuckte nur mit den Schultern und antwortete nicht, da sich hinter uns ein Auto mit Blaulicht näherte. Erschrocken drehten wir uns um. Ein Polizeiwagen rauschte an uns vorbei und kam kurz vor Milas Haus zum Stehen. War etwas mit ihren Großeltern? Würde gleich auch noch ein Krankenwagen vorfahren? Mein Puls beschleunigte sich. Ich wollte schon loseilen, aber Mila hielt mich zurück.

Die Tür des Streifenwagens öffnete sich und ein Polizist stieg aus. Er ging ums Auto herum und machte die hintere Tür auf. Als Mila sah, wer ausstieg, klappte ihr der Mund auf. Ein junger Kerl wurde aus dem Auto gezerrt. Ich kannte ihn nicht, wusste auch nicht, ob ich ihn kennen wollte. Er trug eine Lederjacke und seine Haare waren nach oben gestylt. Als er aufrecht neben dem Polizisten stand, schaute er zu Mila herüber. Sein düsterer Blick blieb an ihren Augen hängen. Sie drehte den Kopf zur Seite, als wolle sie ihn nicht anschauen. Urplötzlich lief sie los zu ihrem Haus. Ich eilte ihr nach und stoppte sie vor der Haustür.

„Mila, wer zum Teufel ist das?"

Sie blieb stehen und schaute mich an. „Ich weiß nicht."

„Ich hab doch an euren Blicken erkannt, dass ihr euch schon mindestens einmal begegnet seid."

„Ich weiß wirklich nicht, wer er ist. Ich kenne nicht mal seinen Namen. Ich habe ihn gestern durch das Fenster beobachtet. Es war mitten in der Nacht. Er ist mit seinem Mofa davongefahren und hat, so wie es aussieht, Scheiße gebaut." Ihre Stimme wurde leiser. „Er hat mich angeschaut, als solle ich ihm helfen. Sein Blick macht mich wahnsinnig. Weiß auch nicht, wieso ..."

Ich schaute ein letztes Mal zu ihm hinüber. Nun stand er mit dem Polizisten vor der Haustür. Als sich diese öffnete, ließ er den Kopf hängen. Was auch immer er angestellt hatte, er bereute es.

Mai 2016

Ich war gerade im Bad, als ich die Klingel hörte. Ich ignorierte sie allerdings gekonnt. Wahrscheinlich war es eh nur der Postbote oder die Nachbarn. Mit meiner pinken, abgekauten Zahnbürste im Mund tanzte ich durch das Bad. Egal, welche Musik im Radio lief, ich tanzte eigentlich immer. Ich konnte während des Zähneputzens einfach nicht stillstehen. Das hatte ich noch nie gekonnt. Entweder lief ich auf und ab oder ich tanzte.

Ich spuckte die restliche Zahnpasta ins Waschbecken und spülte meinen Mund mit kühlem Wasser aus. Ich nahm mein rosa Handtuch und trocknete mir den Mund ab. Wieso hatte ich eigentlich überhaupt noch dieses hässliche Handtuch? Ganz unten stand in Pink mein Name darauf. Warum auch mein Zweitname Janine dort prangte, wusste ich nicht. Niemand nannte mich je so.

Als ernste Stimmen unten im Flur zu hören waren, stockte ich. War irgendetwas passiert? Leise machte ich die Badezimmertür auf und schaute die Treppe nach unten. Ich schreckte zurück. An der Tür stand ein Polizist, daneben Jacob. Was hatte er jetzt schon wieder angestellt? Ich beugte mich wieder über das Treppengeländer und sah, wie meine Eltern nickten, während sie mit dem Polizisten redeten. Sie zogen Jacob ins Haus und schlossen die Tür. Er ließ betrübt den Kopf hängen.

Mein Vater zog die Augenbrauen hoch. „Was in deinem Kopf vor sich geht, würde ich manchmal gerne verstehen. Geh jetzt nach oben. Ich werde mit deiner Mutter reden, was wir als Nächstes tun werden."

Jacob trottete die Treppe nach oben. Ich erschrak. Mein Bruder hatte ein blaues Auge und eine verbundene Hand und sah ziemlich fertig aus. Als er mich sah, ließ er den Kopf noch mehr hängen. Er wirkte, als wäre er den Tränen nahe. Und ich hatte meinen Bruder noch nie weinen gesehen.

Mit leiser Stimme fragte ich: „Was ist passiert?"

Er schüttelte nur kurz den Kopf, als wollte er nicht darüber reden. Jacob ging in sein Zimmer und machte die Tür leise hinter sich zu. Er hatte in letzter Zeit viel Scheiße gebaut, doch hinterher hatte er es meistens nicht bereut. So hatte ich ihn noch nie gesehen.

Meine Eltern waren unten im Wohnzimmer und unterhielten sich. Ich ging wieder vor an die Treppe und versuchte zu verstehen, was mein Vater sagte.

„... Scheibe eingeschlagen ... kurz vor einem Einbruch in einen Laden. Und dann prügelt er sich mit einem erwachsenen Mann. Was geht in ihm vor?"

„Ich weiß es nicht."

Ich traute meinen Ohren nicht. Jacob konnte ein Bad Boy sein. Aber er war kein Schlägertyp. Dass seine Freunde ihn zu einem Einbruch in einen Laden zwangen, verstand ich ja noch. Er machte so einiges, um cooler zu sein. Aber warum prügelte er sich mit einem Erwachsenen?

Ich verstand das alles nicht. Was war in ihn gefahren? Ich ging in mein Zimmer und legte mich auf mein Bett. Vor mir an der Wand hing ein Poster, auf dem Justin Bieber mit einem strahlenden Lächeln abgebildet war. Eigentlich mochte ich ihn, aber gerade machte mich dieses Lächeln alle. Ich schmiss meinen Teddy, das einzige Kuscheltier, das man in meinem Zimmer finden konnte, gegen das Poster. Der Teddy prallte ab und landete knapp neben meinem Bett. Jacob war früher anders gewesen. Ich verstand nicht, wieso er sich so verändert hatte. Früher hatte er mich behandelt, als wäre ich seine Prinzessin. Er nannte mich täglich Honey, benutzte meinen richtigen Namen überhaupt nicht mehr. Er war liebevoll. Hatte immer auf mich aufgepasst. Mich beschützt. Wie große Brüder das eben machten. Und dann hatte er Steven kennengelernt, als wir nach Deutschland gezogen waren. Steven war so eine Art Boss in einer Clique. Jacob versuchte dazuzugehören. Er machte alles, was Steven ihm sagte. Egal, ob es klug war oder nicht. Er vernachlässigte mich. Hatte keine Zeit mehr und fand es generell doof, etwas mit seiner kleinen Schwester zu unternehmen. Da unsere Eltern fast nie Zeit für uns hatten, war ich die meiste Zeit alleine zu Hause, Jacob trieb sich draußen herum. Bis spät in die Nacht war er irgendwo unterwegs.

Es machte mich wütend zu hören, dass er sich geprügelt hatte. Diesen Jungen, der letzte Nacht Scheiße gebaut hatte, kannte ich nicht. Ich wollte wieder meinen großen Beschützer-Bruder zurück. Ich hörte einen dumpfen Schlag und nahm an, dass Jacob irgendetwas in seinem Zimmer umgeschmissen hatte.

Kurzerhand marschierte ich zum Zimmer meines Bruders, blieb vor der Tür stehen und atmete tief durch. Dann klopfte ich. Er antwortete nicht, trotzdem drückte ich die Türklinke nach unten. Das Zimmer meines Bruders war relativ einfach gestaltet. Ein Bett mit blauer Bettwäsche, ein großer Kleiderschrank und ein Schreibtisch. Sehr viel mehr war nicht darin. Ein paar Sachen lagen herum, wie seine Armbanduhr neben dem Bett oder Boxershorts darauf.

Ich betrat das Zimmer. Jacob saß auf seinem Schreibtischstuhl, hatte die Ellenbogen auf den Tisch gestützt und vergrub seine gesunde Hand in seinen Haaren. „Was willst du, Holly?"

Ich schluckte. Wie lange war es her, dass er mich bei meinem richtigen Namen genannt hatte? „Ich will wissen, wieso du das getan hast."

Ob es klug war, ihn jetzt darauf anzusprechen? Aber ich hatte es ja bereits getan.

Jacob reagierte nicht wirklich. Er zuckte nur mit den Schultern. Das machte mich wütend. Er konnte noch nicht mal erklären, wieso er diesen Blödsinn angestellt hatte? Ich wollte ihn anschreien.

„Weißt du was, Jacob?" Er blickte mich an und sah dabei wirklich fertig aus. Trotzdem redete ich weiter. „Früher warst du anders. Manchmal habe ich das Gefühl, dass ich dich nicht mehr kenne. Ich vermisse die Zeit, in der du mir nicht so unglaublich fremd warst wie heute."

Ich wollte gerade gehen, als Jacob doch noch etwas sagte. „Weißt du eigentlich, dass ich das nur für dich getan habe?"

Ich drehte mich blitzartig um. „Wie bitte?"

Jacob hatte die Hände jetzt nicht mehr in den Haaren, sondern vor den Augen. Ich verstand nicht ganz. Wieso schlug er sich meinetwegen mit einem Typen? Das machte doch keinen Sinn. Verwirrt sah ich ihn an, doch er rührte sich nicht und machte auch keine Anzeichen, sprechen zu wollen. Vielleicht brauchte er noch ein wenig Zeit, um die Wahrheit zu sagen. Ich verließ sein Zimmer sehr nachdenklich.

Spät am Abend klopfte es an meiner Tür. Ich sagte nichts, da ich nicht in Stimmung war, mich jetzt mit meinen Eltern zu unterhalten. Zaghaft ging die Tür auf und Jacob kam herein. Überrascht setzte ich mich auf, da ich zuvor im Bett gelegen hatte. Eigentlich hatte ich schlafen wollen, aber vielleicht rückte Jacob ja jetzt mit der Wahrheit heraus. Er sah schlimm aus. Eine seiner Gesichtshälften hatte ungefähr alle Farben eines Farbkastens und seine Augen waren rot. Hatte er etwa geweint?

Er setzte sich auf mein Bett. Ich machte ihm Platz und so hockten wir beide an die Wand gelehnt eine Weile da. Ich schaute ihn von der Seite an. Seine Haare waren ausnahmsweise mal nicht gestylt, sondern hingen kreuz und quer auf seinem Kopf herum.

„Holly, ich will nicht, dass du schlecht von mir denkst", setzte Jacob an.

„Was soll ich denn von dir denken? Nachdem ich weiß, was du angestellt hast."

„Ich komme aus allem gut raus. Vielleicht muss ich Sozialstunden ableisten oder so was Ähnliches, aber ich schaffe das. Weißt du von allem, was vorgefallen ist?"

„Dad meinte, du wärst in einen Laden eingebrochen. Beziehungsweise hättest die Scheibe eingeschlagen."

Er fuhr sich mit der Hand durch die Haare. „Ja, das stimmt. Aber Michael war dabei. Was der schon alles angestellt hat, ist viel schlimmer als das, was ich auf dem Kerbholz habe. Er wurde ohnehin gesucht und sofort festgenommen. Dafür dankt die Polizei mir eher. Gut, die Scheibe muss ich bezahlen und wie schon gesagt vielleicht Sozialstunden machen."

„Mhm. Und was ist mit dem Typ, mit dem du dich geprügelt hast?" Ich musste schlucken. Warum hatte er das meinetwegen gemacht? Ich wollte es wirklich gern wissen.

Jacob legte sich die Hände in den Nacken und schaute an die Decke. „Ich konnte nicht anders, als ihm eine zu verpassen. Holly, das war der Typ, der dich damals fast vergewaltigt hat."

Mir lief es eiskalt den Rücken hinunter. Deswegen hatte er es getan. Jetzt verstand ich alles. Beim Gedanken an die Nacht im November 2013 wurde mir eiskalt und ich bekam Gänsehaut. Es war die schlimmste Erfahrung in meinem Leben gewesen. Jacob war nicht zu Hause, da er mal wieder feiern war, nahm ich an. Ich war alleine und bei uns wurde eingebrochen. Ich hatte Todesangst. Entsetzt erinnerte ich mich daran, wie der Mann in mein Zimmer geschlichen kam. Wie er die Tür schloss, als wäre alles normal. Wie er auf mich zukam. Wie ich schrie, als er seine ekelhaften Finger auf mich legte. Und nichts hatte ihn davon abgehalten. Bis Jacob kam. Mein Bruder hatte die offene Haustür gesehen und war sofort hineingestürmt. Das passte dem Mann natürlich gar nicht. Er rastete richtig aus, schlug wild um sich, um Jacob zu treffen, als wäre er gestört.

Immer noch wachte ich ab und zu mit Albträumen auf. Was wäre damals passiert, wenn Jacob nicht rechtzeitig gekommen wäre? Trotzdem bekam er zwei Monate Hausarrest, weil er eigentlich den ganzen Abend hätte bei mir sein sollen. Wäre er das gewesen, wäre nichts passiert. Das Ganze hatte uns noch mehr zusammengeschweißt. Ich blendete damals aus, dass er eigentlich einen Fehler gemacht hatte. Ich sah ihn als den Helden, der mich gerettet hatte.

Mir wurde schlecht bei dem Gedanken an jene Nacht.

„Holly, ich habe nichts falsch gemacht. Ich hätte mich vielleicht nicht prügeln sollen, aber durch mich wurde der Mann, ebenso wie Michael, festgenommen. Als ich den Polizisten erzählt habe, was das für ein Kerl ist, waren sie mir dankbar. Ich bin nicht immer so schlecht, wie es im ersten Moment aussieht. Vergiss nicht, dass ich eigentlich ein gutes Herz habe. Bitte.“

Ich musste lächeln. Das war mein Bruder. Er hatte ein gutes Herz. Das wusste ich. Auch wenn ich manchmal das Gefühl hatte, ihn nicht wirklich zu kennen.

„Geh dich jetzt ausruhen. Und leg Eis auf dein Auge. Du siehst aus wie ein Draufgänger.“

„Bin ich ja auch. Irgendwie.“

Wir mussten beide lachen. Wie ich es vermisst hatte, mit ihm zu lachen.

„Hab dich lieb.“

„Ich dich auch, Honey.“

Benny

Juni 2016

Ein Auto auf der Straße. Eine gelbe Wand vor mir. Ein Fleck an der Wand. Ein Fleck auf meinem T-Shirt, ein Fussel auf dem Boden … Bah, da war ein Fleck auf meinem T-Shirt! Schnell versuchte ich, ihn wegzuwischen, jedoch hatte er sich schon fest ins Gewebe des Stoffes eingedrückt. Ich ließ mich wirklich zu schnell ablenken.

Angestrengt starrte ich auf das weiße Blatt vor mir. Wie zur Hölle sollte ich eine zehnseitige Hausarbeit schreiben? Ich schaute auf die Uhr, beobachtete den Sekundenzeiger, wie er Sekunde für Sekunde weitertickte. Als zwei Minuten vergangen waren, richtete ich meine Augen wieder auf das weiße Papier. Ich hatte jetzt schon keine Lust mehr.

Mit gequältem Blick nahm ich einen Stift in die Hand und schrieb *Was ist Glück?* mittig oben auf das Blatt. Ich beschloss, mir erst einmal Notizen zu machen, denn ich würde die zehn Seiten garantiert nicht einfach so runterschreiben. Schade eigentlich. Denn wenn ich das könnte, wäre ich bestimmt schon fertig mit meiner Hausarbeit.

Meine Gedanken schweiften zu Diana. Eine heiße Braut war sie. Dagegen war nichts einzuwenden. Die Frage war eher, ob ich jemals Chancen bei ihr haben würde. Wahrscheinlich hatte sie ohnehin einen Freund. Na ja, wobei, sie verbrachte jede Sekunde ihres Lebens in dem Buchladen. Ob sie überhaupt schon einmal etwas anderes gesehen hatte? Wenn sie fast nie den Laden verließ, hatte sie vielleicht doch keinen Freund. Moment … was war los mit mir? Warum zerbrach ich mir darüber den Kopf? Ich kannte dieses Mädchen doch gar nicht!

Die Melodie meines Handyklingeltons riss mich aus meinen Gedanken. Wo hatte ich dieses blöde Teil denn jetzt schon wieder hingelegt? Ich tastete meine Hosentaschen erfolglos ab und sah mich dann im Raum um. Auf meinem Bett wurde ich fündig. Ich griff nach dem Handy und nahm den Anruf an.

„Benny!“

Uff ... Mit so einer Begrüßung hatte ich nicht gerechnet. Sie schrie ja förmlich ins Handy. „Mila!“, erwiderte ich übertrieben begeistert. Ich wusste genau, dass sie in diesem Moment die Augen verdrehte, und musste grinsen. „Hast du Diana auch so angebrüllt?“

„Nein, sie geht nicht ans Handy. Wie eigentlich immer, wenn sie arbeitet.“ Sie schwieg kurz. Dann fiel ihr wahrscheinlich ein, wieso sie überhaupt angerufen hatte, denn sie brüllte schon wieder, als wäre ich schwerhörig: „Benny!“

„Ja?“

Schweigepause.

„Jetzt sag schon, was los ist, Mila!“, forderte ich sie genervt auf.

„Es gibt ein Problem. Hast du Zeit?“

„Du willst mich also wirklich von meiner wichtigen Hausarbeit, an der ich gerade sitze, abhalten?“

„Dann nicht“, erwiderte sie.

„Jetzt bleib mal locker. Das war ein Spaß. Klar hab ich Zeit. *Für dich doch immer.* Was gibt’s?“ Ich wusste genau, dass sie bei meinem Satz „Für dich doch immer“ wieder die Augen verdrehte. Doch sie sagte nichts dazu. Ihr Problem musste also wichtiger sein.

„Wir müssen dringend weiterlesen. Zu Ende lesen, um es deutlicher auszudrücken. In dem Tagebuch fehlen hinten Seiten.“

„Du hast es also gewagt vorzublättern?“ Ich hielt inne. „Moment, sagtest du, es fehlen Seiten?“

„JA!“

Ich hielt das Handy ein paar Zentimeter von meinem Ohr weg. Wieso musste sie denn so schreien? „Pass auf, du kannst auch normal reden. Ich höre dich! Ich hab sonst gleich einen Hörsturz.“ Sie schnaufte nur. „Hast du das Tagebuch in letzter Zeit mal irgendwo liegen gelassen? Oder meinst du, die Seiten fehlten von Anfang an?“

„Ich weiß es nicht. Ich bin so dumm. Wieso hab ich das Buch nicht gleich am Anfang mal durchgeblättert? Was mach ich denn jetzt? Am 20.06.2006 fehlt ein Stück von ihrem Eintrag. Es ist fein säuberlich nach einem Satz ausgerissen, als wolle jemand nicht, dass der Rest gelesen wird. Dann kommt ein Eintrag am 18.07.2006, der komplett ist. So wie es aussieht zumindest. Am 02.08.2006 fehlt jedoch wieder ein Stück. Benny, das war zwei Wochen vor ihrem Tod. Vielleicht hat sie kurz vorher noch etwas hineingeschrieben.

Vielleicht war ihr Tod kein Unfall. Ich muss diese Seiten wiederfinden!"

Ich dachte nach. Dass bei zwei Einträgen jeweils ein Stück fehlte und auch noch akkurat herausgerissen worden war, war wirklich merkwürdig. „Mila, wir treffen uns in einer halben Stunde bei Diana. Bring das Tagebuch mit."

Piep. Piep. Piep. Sie hatte aufgelegt.

Nachdenklich schob ich mein Handy in meine Hosentasche. Als mir bewusst wurde, dass ich das Treffen in einer halben Stunde anberaumt hatte, sprang ich auf. Ich sollte mich beeilen, denn ich brauchte zum Buchladen mindestens eine halbe Stunde. Wenn nicht sogar länger. Ich schnappte mir meinen Schlüssel und sprintete zur nächsten Bushaltestelle.

Mila

Juni 2016

Ich schaute aus dem Busfenster und dachte nach. Der letzte Tagebucheintrag meiner Mutter, der vollständig vorhanden war, datierte vom 18.07.2006. Ich war im Jahre 2002 geboren worden, also schon längst auf der Welt, als sie die Zeilen verfasst hatte. Ob meine Mum auch über mich geschrieben hatte? Ich wollte endlich weiterlesen. Ich öffnete meine Tasche und strich behutsam mit meinen Fingern über den Einband des Buches. Wie konnte es jemand wagen, Seiten herauszureißen?

Meine Gedanken schweiften in die Vergangenheit. Mir war immer erzählt worden, Mum wäre durch einen Autounfall gestorben. Stimmte das überhaupt? Ich konnte zwar nur knapp fünf Lebensjahre mit ihr verbringen, aber ich schätzte sie eigentlich so ein, dass sie keinen Selbstmord begangen hätte. Ich schluckte. Der Gedanke, dass sie sich vielleicht umbringen wollte, war für mich wie ein Schlag ins Gesicht. Was für einen Grund hätte sie dazu gehabt? Nein, das konnte nicht sein. Sie war durch einen Unfall gestorben. Ich nickte, wie um mich selbst zu bestätigen, ein paarmal entschlossen.

„Junge Lady, müssen Sie hier nicht raus?"

Ich schaute überrascht auf. Oh shit. Der Busfahrer hatte recht. Ich stieg immer an der gleichen Station aus. Er kannte mich schon und hatte mir somit gerade einen langen Fußmarsch erspart. „Oh ja, danke", entfuhr es mir erleichtert.

Ich atmete tief durch, als ich den Bürgersteig betrat. Bis zu Diana war es nur ein fünfminütiger Marsch, den ich mit schnellen Schritten bewältigte.

Benny kam gleichzeitig mit mir um die Ecke gehetzt. „Ich bin verdammt gut. Ich habe genau eine halbe Stunde gebraucht."

„Ja, du bist ganz toll. Können wir jetzt biiiiiitte weiterlesen?", fragte ich leicht genervt. Ich hatte jetzt keinen Kopf für dumme Sprüche.

Wir betraten den Laden und erklärten der verwirrten Diana, was ich herausgefunden hatte.

„Aber ich muss arbeiten", erwiderte sie.

„Diana, das hier ist ein Notfall", flehte ich sie an.

Sie verstand und schloss den Laden. Es war drei Stunden vor Geschäftsschluss und ich hätte sie dafür abknutschen können. Sie hielt die Öffnungszeiten sonst immer sehr streng ein.

Wir machten es uns auf dem kleinen Sofa bequem und ich packte das Tagebuch aus. Endlich konnten wir weiterlesen.

28.04.2001

Oh. Mein. Gott.

Er hat mir geschrieben. Ich habe nach all der Zeit, die ich gewartet habe, eine Nachricht von ihm bekommen. Einen Brief. Sehr ausführlich war er nicht. Und trotzdem habe ich mich so sehr gefreut wie ein kleines Kind, wenn der Weihnachtsmann kommt. Seine Hauptaussage in dem Brief war lediglich, dass es ihm gut ginge und dass ich ihn schon bald besuchen kommen dürfte. Ich sehe Chris endlich wieder! Oh, ich freue mich so. Nach fast vier Jahren. Endlich. Ich habe ihn so schrecklich vermisst. Ich hoffe, er hat sich nicht zu sehr verändert. Aber ich werde ihn genauso mögen wie vorher.

Schon in ein paar Tagen fahre ich zu ihm. Er hat mir sogar extra Zugtickets mitgeschickt. Ich bleibe zwar nur eine Nacht, aber ich glaube, ich habe mich in meinem ganzen Leben noch nie so sehr gefreut wie im Moment.

Ich nickte. „Dass sie irgendwann mal ihren besten Freund besucht hat, weiß ich. Das haben Oma und Opa erzählt."

Diana und Benny ließen das so stehen und wir lasen weiter.

06.05.2001

Es war so unbeschreiblich schön, ihn endlich wieder in meinen Armen halten zu können. Ich wollte ihn gar nicht mehr loslassen. Er war jede Sekunde bei mir und hat mich nicht alleine gelassen. Er hat mich sogar seinen Freunden vorgestellt, wir waren zusammen essen und am Abend haben wir die Sterne beobachtet. Die Zeit verging viel zu schnell. Aber mit besonderen Menschen passiert das oft.

Chris hat sich genauso gefreut, mich zu sehen, wie umgekehrt. Meine

*Befürchtung, dass er sich verändert haben könnte, war vollkommen
umsonst. Er ist der gleiche Chris, den ich vor vier Jahren verabschiedet habe. Wenn überhaupt, dann ist er ein wenig erwachsener geworden, sonst aber absolut der alte Chris geblieben. Seine liebevolle
Art und die Zuneigung, die er mir schenkt, sind so zauberhaft.
Der Abschied war verdammt hart. Ich bin gerade zu Hause angekommen und vermisse ihn jetzt schon. Ich hoffe, er mich auch …*

27.05.2001

*Oh je, Chris hat – woher auch immer – erfahren, dass ich mit Tobias
zusammen bin. So begeistert ist er nicht davon. Er hat mir einen
Brief geschickt.*

*Lorena Kristin Doncaster!
Wieso um Himmels willen hast du mir nicht gesagt, dass du einen
Freund hast? Ich wäre doch niemals so weit gegangen und hätte dich
geküsst, wenn ich das gewusst hätte. Es tut mir so leid, Lorena. Vielleicht sollte das dein Freund nicht erfahren, ich möchte nicht, dass
du meinetwegen mit ihm Stress bekommst.
Christoph*

*Ich glaube, ich antworte ihm wohl eher nicht darauf. Tobi darf die-
sen Brief niemals in die Hände bekommen!*

„Oh, Mum!" Ich hielt mir erschrocken die Hände vor das Gesicht.

„Das heißt, in dieser einen Nacht, in der Lorena bei Christoph
war, ist etwas gewaltig schiefgelaufen und die beiden haben sich
geküsst. Oh Mann." Benny hatte es erfasst.

„Vielleicht hat Tobias euch deswegen verlassen. Weil er das irgendwann später herausgefunden hat. Wahrscheinlich hat er den Brief
entdeckt."

Dianas Einwurf ergab Sinn. Ich erinnerte mich noch genau daran,
dass meine Mum mir irgendwann einmal gesagt hatte, mein Vater
habe uns alleine gelassen, weil er etwas gefunden hätte, das ihm
nicht gefiele. Das musste der Brief gewesen sein. Ich hatte meine
Mum eindeutig anders eingeschätzt, hätte nie vermutet, dass sie
fremdgegangen war.

Durch einen winzigen Strich hat sich mein Leben soeben drastisch verändert. Und ich weiß noch nicht, ob ich deswegen heulen oder lachen soll. Ich bin erst 21, was soll ich bitte mit einem Kind? Ja, ich bin schwanger. Und nein, ich hatte das eigentlich nicht geplant. Oh Mann. Tobi ist außer sich vor Freude. Ich glaube, im Moment bin ich einfach nur komplett überfordert. Wie soll ich das mit der Arbeit regeln? Bin ich überhaupt fähig, Mutter zu sein? Tobias ist den ganzen Tag arbeiten und ich habe überhaupt keine Hilfe tagsüber. Was ist, wenn ich die Geburt nicht überlebe? Das kam doch schon vor, oder nicht? Was ist, wenn mein Kind es erst gar nicht überlebt? Wenn ich nicht immer vernünftig bin? Ist es gut oder schlecht, wenn es so wird wie ich? Und teuer ist es auch, wo soll ich denn das ganze Geld hernehmen? Ich kann doch nicht mehr arbeiten gehen in der Zeit. Ich bin viel zu nervös, was das alles angeht.

Meine Augen brannten. Vom Zeitpunkt her passte es genau. Sie war mit mir schwanger. Wie konnte sie sich denn bitte fragen, ob sie fähig dazu wäre, eine gute Mutter zu sein? Sie war die beste Mutter, die man haben konnte.

Tobi und ich saßen gestern Abend zusammen und haben uns lange unterhalten. Wir haben über eine Hochzeit geredet. Ich bin ihm ehrlich gesagt dankbar, dass er das in unserem Wohnzimmer angesprochen hat und nicht irgendwo in der Öffentlichkeit auf die Knie gefallen ist. Natürlich möchte ich ihn heiraten und war sofort begeistert von der Idee. Wir hätten gern einen Termin in zwei Monaten. Da ist noch einigermaßen Verlass auf das Wetter. Eine Hochzeit im Regen wünsche ich mir nämlich nicht gerade. Ich will keinen großen Aufwand, nur die engsten Freunde und Familie. Außerdem wollen wir so schnell heiraten, weil man dann auf den Bildern keinen Bauch sieht, der demnächst wachsen und wachsen wird. Mir gefällt die Idee, mein restliches Leben mit Tobias zu verbringen. Und es ist gut, dass mein Kind mit einem Vater aufwächst. Aber ob ich Chris jemals vergessen kann?

„Oh nein. Ihr wisst gar nicht, wie gerne ich in der Zeit zurückreisen und ihr sagen würde, dass sie ihn nicht heiraten soll."

Diana sah mich mitleidig an. Sie wusste genau, dass ich die Wahrheit sagte. Das Brennen in meinen Augen war verschwunden. Stattdessen erfüllte mich das Gefühl von Wut. Wieso war Tobias überhaupt in ihrem Leben aufgetaucht? Es war ein großer Fehler gewesen, ihn zu heiraten ...

28.08.2001

Letzte Woche haben wir geheiratet. Es war eine totale Traumhochzeit. Ich bin mehr als glücklich. Nur die engsten Freunde und die Familie waren da. Wir haben viel gelacht, getanzt und gegessen. Tobias hat, was wahrscheinlich wenige Männer machen, meinen Namen angenommen. Ich will unbedingt, dass er erhalten bleibt, weil ich ja das einzige Kind meiner Eltern bin. Auch mein Baby soll Doncaster heißen, ich liebe diesen Namen einfach über alles.
Ich merke langsam, dass ein kleines Wesen in mir heranwächst. Es ist ein komisches Gefühl, aber zugleich auch wunderschön. Der Arzt meint, es sei alles in bester Ordnung. Ich habe beschlossen, mich überraschen zu lassen, ob es ein Mädchen oder ein Junge wird. Ich werde mir Namen für beide Fälle überlegen, wenn das kleine Wesen im Frühling nächsten Jahres kommt.

„Na, immerhin hatte sie ihre Traumhochzeit", meinte Benny und zuckte mit den Schultern.

Das stimmte. Wenigstens war sie glücklich gewesen. Und ich wollte nie etwas anderes, als dass Mum glücklich war.

20.10.2001

Ich habe einen Brief von Chris bekommen. Zwar zwei Monate nach unserer Hochzeit, aber immerhin. Es ist irgendwie ein komisches Gefühl gewesen, seine Glückwünsche zu lesen. Ich weiß auch nicht, wieso.

Liebe Lorena,

meine Glückwünsche zu deiner Hochzeit. Ich hoffe, du hattest einen schönen Tag mit all deinen Freunden, deiner Familie und vor allem deinem Mann. Es freut mich zu hören, dass ihr euch das Jawort gegeben habt. Ich wünsche dir und deinem Mann viel Glück für die

Zukunft. Ihr werdet alle schwierigen Zeiten bestens meistern. Da bin ich mir sicher.

Alles Liebe und Gute!
Dein Chris

Ich hatte keine Ahnung, ob ich Chris jemals begegnet war, glaubte es aber eher nicht. Wahrscheinlich hatten die beiden sich nie wiedergesehen nach dem einen Treffen. Aber ich zerbrach mir nicht weiter den Kopf über diesen Brief, denn das nächste Datum fiel mir bereits ins Auge. Jetzt kam das Brennen darin wieder. 28. Februar 2002. Ich war inzwischen auf der Welt. Ich schluckte und begann zu lesen.

28.02.2002

Am 22.02.2002 wurden Tobi und ich Eltern. Wurden Mama und Papa Großeltern. War der schönste Tag in meinem Leben. Habe ich ein kleines Mädchen zur Welt gebracht. Hat sie mich das erste Mal mit ihren wunderschönen kristallblauen Augen, die meinen auffallend gleichen, angeschaut. Unsere Tochter Mila Lilian Doncaster ist mit Abstand das Schönste, was ich je gesehen habe.
Die Geburt war qualvoll. Höllische Schmerzen. Wirklich, ich verstehe nicht, wieso Frauen das alles durchmachen müssen. Doch als ich sie endlich sehen konnte, war alles vergessen. Ich war noch nie so glücklich in meinem Leben. Falls dieses wunderschöne, bezaubernde Mädchen das hier irgendwann einmal lesen sollte: Ich habe dich von der ersten Sekunde an unbeschreiblich geliebt. Und das werde ich immer tun.

Über meine Wangen rannen Tränen. Ich wischte sie schnell weg, doch es strömten immer wieder neue nach. „Ja, dein wunderschönes, bezauberndes Mädchen liest das. Und ich liebe dich auch, Mum", murmelte ich, bevor ich aus dem Fenster starrte. Die Tränen liefen weiterhin ungehindert über mein Gesicht. Falls Tote vom Himmel aus alles sehen konnten, hoffte ich sehr, dass sie mich jetzt beobachtete.

Diana nahm mich in den Arm, doch ich machte mich schnell wieder los und wischte mir über die Augen. „Lasst uns weiterlesen."

09.09.2002

Wie die Zeit verfliegt … unfassbar. Meine Kleine ist schon ein halbes Jahr alt. Sie ist so groß geworden. Mittlerweile kann sie nach ihren Spielsachen greifen und fängt an zu plappern. Ab und zu schafft sie es sogar, sich vom Bauch auf den Rücken zu drehen. Es ist schön zu sehen, wie Mila sich weiterentwickelt. Es macht mich so glücklich, sie um mich zu haben und sie zu beobachten.

„Und mich macht es glücklich, das hier zu lesen", bekannte ich strahlend, woraufhin Diana und Benny mich anlächelten.

01.03.2003

Mein kleiner Sonnenschein ist vor einer Woche schon ein Jahr alt geworden. Sie hat gestrahlt wie noch nie, als sie die Geschenke gesehen hat. Ich glaube, an das Aufreißen von Geschenkpapier könnte sie sich gewöhnen. Es ist unglaublich, wie groß sie geworden ist. Meines Erachtens wächst sie viel zu schnell. Tobi und ich sind wirklich sehr glücklich. Mila hat uns noch mehr zusammengeschweißt. Wir drei sind wirklich ein gutes Team.
Nächste Woche ist mein 23. Geburtstag. Tobi und ich haben uns überlegt, Mila bei meinen Eltern zu lassen und für ein paar Tage in den Urlaub zu fahren. Wohin es gehen soll, wissen wir noch nicht so ganz. Es wird eine spontane Aktion.
Ich weiß, dass ich in letzter Zeit nicht viel hier ins Tagebuch hineingeschrieben habe. Ich wünschte, es wäre anders, aber die nötige Zeit ist einfach nicht vorhanden. Wenn man ein kleines Kind hat, hat man eben nicht mehr so viel Freizeit. Auch jetzt quengelt Mila und steht neben mir in meinem Arbeitszimmer. Ich glaube, sie braucht Beschäftigung.

04.11.2003

Da ich hier alle Gefühle in allen Lebenslagen hineingeschrieben habe, tue ich dies auch jetzt wieder. Ich weiß nicht genau, was ich machen soll. Tobias und ich haben in letzter Zeit wirklich sehr oft Streit. Wir zanken wegen vieler unnötiger, kleiner Sachen. Sogar Mila hat schon mitbekommen, dass etwas nicht stimmt, und beim letzten Streit angefangen zu weinen. Dabei kann ich es nicht mit ansehen, wenn sie weint.

„Ob es richtig ist, dass wir all das lesen? Es waren ihre Gefühle und Gedanken. Sie hat nicht angenommen, dass sie jemals jemand lesen wird." Ich fühlte mich irgendwie unwohl, in der Privatsphäre meiner Mutter zu stöbern.

Benny schaute mich an. Man sah ihm an, dass er nachdachte. „Na ja, du solltest das anders betrachten. Sie lebt nicht mehr und kann dir nichts aus ihrem früheren Leben erzählen, weshalb du alles nachlesen musst, um deine Mum besser kennenzulernen. Du warst schließlich erst vier, als sie starb. Du bist ihre Tochter. Ich denke mal, du bist diejenige, die diese Zeilen am ehesten lesen darf. Wenn sich jemand über die Verletzung von Lorenas Privatsphäre Gedanken machen sollte, dann sind das eher Diana und ich."

„Mhm. Vielleicht hast du recht." Ich lächelte.

22.02.2004

Ich rieb mir die Augen. Es war schon dunkel draußen. Ich hatte keine Ahnung, wie spät es war, jedoch hätte ich eigentlich schon zu Hause sein müssen. So viel war klar. Aber das hier war wichtiger.

Benny streckte sich neben mir und sein Rücken knackte, als er sich aufrecht hinsetzte.

Diana stand auf und meinte: „Wir machen die Nacht durch und lesen dieses Buch heute noch fertig, okay?" Als wir nickten, redete sie weiter: „Gut. Ich hole uns mal etwas zum Trinken."

Während Diana in den hinteren Bereich des Ladens verschwand, um für mich Wasser und für Benny Kaffee zu bringen, schrieb ich meinen Großeltern eine Nachricht, dass ich die Nacht bei Diana verbringen würde. Anschließend schaute ich zu Benny. Er hatte kurzzeitig die Augen geschlossen. Auch er war müde. Seine Lider öffnete er erst wieder, als Diana mit einem Tablett und den Getränken darauf zurückkam.

Nachdem wir eine schweigsame Trinkpause eingelegt hatten, ergriff Diana wieder das Wort. „Lasst uns weiterlesen. Es ist nicht mehr viel."

Damit hatte sie recht und wir beugten uns wieder über das kleine Buch.

25.04.2005

SOS! Schätzungsweise sitze ich ein bisschen in der Klemme. Tobias hat sich kurzerhand von mir getrennt und uns beide sitzen gelassen. Da stand ich erst einmal mit einem dreijährigen Kind auf der Straße. Super gelaufen! Ich bin jetzt vorübergehend bei meinen Eltern eingezogen. Mila konnte es nur schwer verstehen, warum Tobi plötzlich nicht mehr da war. Sie hat es auch jetzt noch nicht begriffen, aber zumindest akzeptiert, dass es so ist. Ich habe echt ein kluges Kind. Manche Sachen im Leben versteht man einfach nicht, dann sollte man sie so nehmen, wie sie sind.

Ich glaube, Mila tut es gut, bei ihren Großeltern zu sein. Sie liebt dieses große Haus und den Garten. Diesen Freiraum hatte sie vorher in unserer kleinen Wohnung nicht. Auch ich bin froh, wieder hier zu sein. Ich habe mein Arbeitszimmer, auch wenn es nur klein ist, wirklich sehr vermisst. Und die großen Bücherregale. Im gesamten Haus meiner Eltern gibt es nicht so viele Bücher wie in diesem Raum. Ich liebe Bücher, schon seit ich denken kann. Und das habe ich auch an

Mila weitergegeben. Jeden Abend lese ich ihr eine Geschichte vor. Im Moment häufig mein Lieblingsbuch, das die ganze Zeit hier in meinem Zimmer auf sie gewartet hat. Jetzt ist sie endlich alt genug, um es zu verstehen. Es ist ein Kinderbuch, das ich selbst einst von meiner Tante bekommen habe. Der Tigerprinz. Ein wunderschönes Buch.

Ich grinste. „Das Buch dürftest du auch kennen, Diana, oder?"
„Aber klar doch."
Auch sie hatte das Buch oft vorgelesen bekommen.
„Also ich kann mit dem Buchtitel nicht viel anfangen", gestand Benny.
„Wir lesen es dir irgendwann mal vor."
„Na super. Ein Kinderbuch." Benny verzog das Gesicht, sodass wir alle lachen mussten. Dann fragte er: „Das heißt, du wohnst jetzt in dem Haus, in das du mit deiner Mutter nach der Trennung von Tobias gezogen bist, Mila?"
„Genau."
„Gut. Nur damit ich den Überblick behalte." Er grinste mich an.
Es war sicher schwer für einen Außenstehenden, das alles auf Anhieb zu begreifen. Aber Benny hatte einen klugen Kopf (auch wenn er das manchmal nicht so zeigte).

14.05.2006

Nach einem guten Jahr habe ich mal wieder Zeit, in dieses hübsche rote Büchlein zu schreiben. Mila ist jetzt vier Jahre alt und geht mit großer Begeisterung in den Kindergarten. Sie ist total glücklich dort und hat viele Freunde gefunden.
Wir haben uns inzwischen eine kleine Wohnung gemietet und uns gut eingelebt. Mila hat ihr eigenes rosa Reich. Die Wohnung ist nicht gerade groß, aber für zwei Leute ausreichend. Wir kommen äußerst gut ohne Tobias klar und auch Mila hat mittlerweile verstanden, dass er nie wiederkommen wird. Sehr enttäuscht darüber ist sie nicht. Mila ist ein typisches Mamakind. Ohne mich könnte sie niemals leben, aber auf Tobias zu verzichten, klappt ganz gut. Erst letzte Woche hat sie gesagt, dass für sie nur wichtig sei, ihre Mama glücklich zu sehen. Und das bin ich nur ohne Tobias. Manche Menschen braucht man im Leben einfach nicht!
Diana ist gerade zu Besuch da. Das Mädchen, das ich kurz vor Milas

Geburt auf der Straße kennenlernte. Sie ist ein ganz bezauberndes Geschöpf und trotz des Altersunterschiedes sind die beiden Kinder unzertrennlich. Man könnte fast denken, sie wären Schwestern. Diana kümmert sich seit Milas Geburt rührend um sie und versucht immer, sie glücklich zu machen. Diana dürfte jetzt acht oder neun Jahre alt sein, ich weiß es gar nicht genau. Ich bin wirklich froh, sie damals auf der Straße getroffen zu haben. Sie gehört schon fast zur Familie. Okay, nicht nur fast. Diana gehört zur Familie!

„Wie rührend. Die kleine Diana." Benny schniefte gespielt.

Daraufhin schlug Diana ihm auf die Schulter. „Ach, halt doch die Klappe! Ich bin stolz darauf, in Lorenas Tagebuch aufzutauchen."

„Das kannst du auch sein."

Ich schaute mir lachend das Schauspiel der beiden an. Doch dann entdeckte ich den nächsten Eintrag und wurde ernst. „Da fehlt etwas."

Wir lasen uns die wenigen noch vorhandenen Zeilen durch.

20.06.2006

Ich habe seit fast fünf Jahren nichts mehr von Chris gehört. Um genau zu sein, seit er mir das letzte Mal geschrieben hat. Und das war zu meiner Hochzeit. Ob es ihm gut geht?

Benny nahm das Tagebuch in die Hand. „Wie sauber das ausgerissen ist. Unfassbar. Wer tut so was?"

Ich ließ den Kopf hängen. Ich wusste es nicht.

Auch Diana schaute skeptisch. „Es muss jemand aus deiner Familie gewesen sein, oder? Es befand sich doch die ganze Zeit über in eurem Haus. Jemand anderes wäre niemals drangekommen, oder nicht?"

„Ja, du hast recht", gab ich zu.

Benny blätterte weiter und fand den letzten vollständigen Eintrag.

18.07.2006

Wenn ich Mila anschaue, wie sie mit ihren viereinhalb Jahren vor mir steht und mich zum Spielen auffordert, bleibt für mich manchmal die Zeit stehen. Wenn ich auch nur für eine Sekunde meine Augen schließe, ist sie schon wieder fünf Zentimeter gewachsen und noch schöner als vorher geworden. Ich hätte mir keine bessere Tochter vorstellen können. Sie ist ein richtiger Sonnenschein.

Ich sitze gerade am Bach und meine Kleine planscht im Wasser. Es ist unfassbar, wie glücklich sie ist, wenn sie mir einen neuen, tollen Stein zeigen kann. Und wie im nächsten Moment große Krokodilstränen über ihre Wangen kullern, weil sie auf etwas Spitzes im Bachbett getreten ist. Manchmal frage ich mich, wie es wohl wäre, wenn Mila mit einem liebevollen, sorgenden Vater aufwachsen würde. Doch mittlerweile bin ich froh, dass alles so ist, wie es ist. Wir sind ein eingeschworenes Team und nichts, wirklich nichts kann uns auseinanderbringen. Ich glaube, auf der ganzen Welt gibt es kein besseres Mutter-Tochter-Verhältnis als das unsere. Sie liebt mich über alles und ich liebe sie über alles.

02.08.2006

Ich habe wirklich lange nachgedacht. Und war lange unschlüssig, ob ich meine Überlegung in das Tagebuch schreiben sollte. Doch ich habe mich entschieden, ihm ein weiteres Geheimnis anzuvertrauen. Ich würde nicht unbedingt sagen, dass ich Lügen in dieses Buch geschrieben habe, allerdings habe ich nie die volle Wahrheit offenbart. Besser gesagt, ich habe die Wahrheit umgangen.

Ich blickte auf und schaute erst Benny, dann Diana an. „Ich muss die restlichen Tagebuchseiten finden."

Diana dachte laut nach: „Das war zwei Wochen vor ihrem Tod. Es gibt möglicherweise einen Grund, weshalb sie gestorben ist. Sie hat die Wahrheit in dieses Tagebuch geschrieben und kurz darauf starb sie. Das ist unfassbar. Aber sie wurde doch nicht umgebracht, oder?" Fragend blickte sie in die Runde.

Ich konnte ihr keine Antwort geben. Alles, was ich bisher über Mums Tod zu wissen glaubte, zweifelte ich nun an. Was war es, das sie nie in das Tagebuch geschrieben hatte?

„Das Einzige, was mir einfällt, ist der Name Larry, der nur einmal am Rande aufgetaucht ist. Vielleicht hat sie, was ihn angeht, nicht die Wahrheit offenbart. Oder besser gesagt, aufgeschrieben."

Benny starrte gedankenversunken aus dem Fenster. Aber er hatte meine Mum nicht gekannt, wie sollte er mitreden können?

Diana hatte einen recht logischen Einfall. „Vielleicht hat sie diesen Larry ja früher mal gekannt und geliebt. Und dann hat sie die Wahrheit, was sie für ihn empfindet oder nicht mehr empfindet, irgendwann in dieses Buch geschrieben. Sie sind sich wiederbegegnet, er hat das Tagebuch gelesen und wurde sauer. Alles war ein Unfall, aber sie ist dabei gestorben."

„Mhm, klingt eigentlich recht logisch", brummte ich.

Benny wandte seinen Blick wieder zu uns und starrte nicht mehr aus dem Fenster. „Passt auf, Freunde der Sonne. Wir müssen die Tagebuchseiten finden. Da steht doch alles drauf. Wenn wir jetzt sinnlos irgendwelche Theorien aufstellen, was eventuell passiert sein könnte, kommen wir auch nicht voran. Wer hätte denn alles die Möglichkeit gehabt, an das Tagebuch zu kommen?"

„Du hast recht. Wir konzentrieren uns besser auf die restlichen Seiten", stimmte Diana Benny zu.

„Ich hab keine Ahnung. Möglicherweise jemand aus meiner Familie. Wer sollte sonst im Arbeitszimmer meiner Mum rumstöbern? Ich denke mal, seit ihrem Tod wurde es immer dort aufbewahrt."

„Ja, du hast recht, aber ..."

Plötzlich kam mir ein Gedanke und ich unterbrach Diana. „Tobias!", zischte ich. „Meine Mum hat die Wahrheit in das Buch geschrieben und er ist abgehauen, weil ihm das nicht gepasst hat."

Benny schüttelte den Kopf. „Das stimmt mit den Daten nicht überein. Tobias ist abgehauen, bevor Lorena die Wahrheit in das Buch geschrieben hat. Das macht keinen Sinn. Und er wird später nicht noch mal zurückgekehrt sein, um drei Seiten auszureißen und wieder zu gehen. Wer auch immer die Seiten ausgerissen hat wollte nicht, dass gelesen wird, was darauf steht."

Mist! Mal wieder hatte er recht. Ich dachte nach und kam zu einem Entschluss. „Wir gehen für heute schlafen und morgen fragen wir meine Großeltern aus, okay? Vielleicht wissen die ja irgendetwas. Sehr viel mehr können wir im Moment nicht machen."

Schon als ich die Idee aussprach, nickten Benny und Diana eifrig. Doch anstatt dass jeder sein eigenes Bett aufsuchte, beschlossen wir, einfach hier im Laden zu schlafen. Diana machte es sich auf ihrem Sessel bequem und schlief schon Sekunden später, eingerollt wie eine Katze, ein. Auch mein Kopf rutschte sehr bald auf Bennys Schulter. Die Uhr schlug drei Uhr nachts.

Diana

Juni 2016

Ich musste dreimal blinzeln, bis ich die Augen komplett offen halten konnte und alles scharf sah. Mila und Benny saßen wie am Abend zuvor auf dem Sofa, als hätten sie sich nicht gerührt. Ihr Kopf lag auf Bennys Schulter. Der hatte seinen eigenen Kopf auf der Sofalehne abgelegt. Beide schlummerten tief und fest. Es sah süß aus, wie sie so dalagen, jedoch spürte ich einen Stich in meinem Herzen. Ich war eifersüchtig. Wie gerne würde ich jetzt so neben Benny liegen oder besser gesagt sitzen!

Ich richtete mich auf und spürte alle Knochen und Muskeln, die durch meine eingerollte Schlafposition eingequetscht worden waren. Mein Blick war immer noch auf Benny geheftet und ich schaute schnell weg, als sich seine Augen langsam öffneten.

„Guten Morgen", sagte ich mit einem breiten Grinsen auf dem Gesicht, doch Benny beachtete mich nicht wirklich. Ich konnte nur ein Stöhnen hören. Als ich ihn anschaute, musste ich herzhaft loslachen. Er streckte sich vorsichtig und brachte damit einige seiner Knochen zum Knacken.

„Aua. Verdammt! Ich sterbe ... mein Rücken ist komplett durch."

Milas Kopf war von Bennys Schulter gerutscht. Sie sah ihn verschlafen und verwirrt an.

Es dauerte, bis wir alle einigermaßen bei uns waren und uns an den gestrigen Abend erinnerten. Das Tagebuch. Die verschwundenen Seiten. Der letzte Tagebucheintrag zwei Wochen vor Lorenas Tod. Es gab etwas, das Lorena gewusst hatte und wir nicht.

Mila rieb sich noch einmal über die Augen, dann stand sie auf. Sie wollte zu ihren Großeltern, um herauszubekommen, wer die restlichen Seiten haben könnte. Und es gab im Moment nichts, was ich mir mehr wünschte, als dass Mila die Antworten auf ihre Fragen bekäme.

Ohne Frühstück gingen wir aus dem Haus, eilten durch die Straßen und nahmen den nächsten Bus. Als wir nach einer guten halben Stunde vor Milas Haus standen, spürte ich ihre Anspannung. Sie drehte sich zu uns um und schaute uns ein wenig ratlos an, dann atmete sie einmal tief durch, holte ihren Schlüssel hervor und öffnete die Tür.

Maria Doncaster kam uns bereits im Hausflur entgegen und musterte uns erschrocken. Mit Besuch um elf Uhr morgens hatte sie wahrscheinlich nicht gerechnet.

„Hi Oma", begrüßte Mila sie. „Können wir mal mit dir reden?"

Immer noch ein wenig überfordert wegen der unerwarteten Gäste stotterte Maria Doncaster: „Mila ... aber natürlich. Kommt doch mit in die Küche." Die ältere Dame wandte sich an mich. „Diana. Schön, dich zu sehen." Sie lächelte. Dann blickte sie zu Benny hoch, der ungefähr zwei Köpfe größer war als sie selbst.

Er streckte ihr höflich die Hand hin und meinte mit einem Grinsen: „Benjamin Schulz. Sehr erfreut."

Vermutlich stellte sich Maria Doncaster gerade als Milas Oma vor, doch das bekam ich nicht mehr mit, da ich meiner Freundin durch den Flur in die Küche folgte. Heinz Doncaster saß am gedeckten Küchentisch und las Zeitung. Als er uns bemerkte, schaute er uns über den Rand seiner Zeitung und seiner viereckigen Brille hinweg an. „Schätzchen. Schön, dich zu sehen. Oma meint, du warst die Nacht bei Diana?"

Mila nickte nur, setzte sich auf einen Stuhl und zeigte auf einen anderen freien Platz. Ich ließ mich darauf nieder, als Benny und Maria Doncaster durch die Tür kamen. Bennys Grinsen war verschwunden. Irgendwie sah er nachdenklich aus, hatte eine ernste Miene aufgesetzt. Milas Oma murmelte, dass sie schnell noch einen Stuhl holen würde, und verschwand wieder aus dem Raum. Mila stellte ihre Tasche auf ihren Beinen ab. Das Tagebuch war darin verstaut.

Nachdem Maria Doncaster mit einem Stuhl zurückgekehrt war und ihn Benny hingestellt hatte, setzte er sich. Heinz Doncaster sah uns alle der Reihe nach an, sein Blick blieb letztendlich an Benny hängen, den er von oben bis unten musterte. „Was führt euch zu uns?", fragte er mit seiner rauen, alten Stimme.

Mila blickte uns kurz unsicher an, dann packte sie das Tagebuch aus und legte es vorsichtig auf den Küchentisch. Zögerlich stellte sie ihre erste Frage. „Wisst ihr, wem dieses Buch gehört? Vorne steht in goldenen Buchstaben *Diary* darauf.“

Maria und Heinz Doncaster musterten das kleine Buch angestrengt. Es dauerte einen Moment, bis Heinz den Kopf schüttelte und Maria erklärte: „Ich habe dieses Buch schon einmal irgendwo gesehen. Wenn ich nur wüsste, wo.“

Mila hielt die Luft an und Bennys Augen weiteten sich. Jedoch war es eigentlich nicht außergewöhnlich, dass Maria Doncaster das Büchlein irgendwann einmal bei Lorena gesehen hatte. Die war schließlich jahrelang mit dem Tagebuch durch die Gegend gelaufen.

„Pass auf, Oma“, begann Mila ernst, „es ist wirklich wichtig. Wir müssen wissen, wem dieses Tagebuch mal gehört hat oder wer es in den Händen hatte.“

Maria Doncaster nickte. Sie hatte ihre Enkelin vorher höchstwahrscheinlich nie so entschlossen gesehen. „Ich werde darüber nachdenken. Geht in Ordnung. Heinz!“

Er zuckte förmlich zusammen und schaute sie dann aus müden Augen an. „Ja, Liebling?“

„Du solltest ebenfalls nachdenken. Du könntest dieses kleine Buch auch schon irgendwo mal gesehen haben. Mila ist es wichtig!“ Er nickte verstehend.

Innerlich grinste ich. Maria hatte ihren Mann schon immer voll und ganz im Griff gehabt.

Für Mila war das Gespräch beendet. Sie schnappte sich das Tagebuch und stand auf. Benny und ich folgten ihr aus dem Zimmer. Sie stapfte die Treppe nach oben und bog links ab. Moment ... sie bog eigentlich nie links ab! Doch jetzt ging sie tatsächlich geradewegs auf das Zimmer ihrer Mutter zu. Sie eilte fast dorthin.

Nachdem wir den Raum betreten hatten, ließen wir uns auf dem Teppich nieder. Puh! Es war echt staubig hier. Als wäre jahrelang niemand hier drin gewesen, was wahrscheinlich auch der Fall war.

Benny schaute zu Mila, die ihre Arme um die Beine schlang. „Was ist dein Plan, junge Lady?“

„Vielleicht sollten wir zuerst den ursprünglichen Besitzer des Buches suchen. Möglicherweise weiß der ja mehr darüber. Und vielleicht hat diese Person sogar das Tagebuch irgendwann mal gefunden und gelesen, nachdem meine Mum all das hineingeschrieben hat. Rein theoretisch kann zwischenzeitlich nur jemand aus meiner

Familie an das Buch gekommen sein. Vielleicht hat es früher schon jemandem aus meiner Familie gehört, denn als meine Mutter es auf dem Dachboden fand, stand ja bereits ein Text auf der letzten Seite."

„Okay. Das heißt, wir machen jetzt was genau?"

„Wir gehen auf den Dachboden und stöbern in alten Fotos. Vielleicht gibt es jemanden, dem das Buch gehört haben könnte, der schon einmal im Haus war."

„Alles klar, Chefin."

Ich hatte die ganze Zeit über Benny und Mila still gelauscht. Ich wusste zwar nicht genau, was das mit den Fotos bringen sollte, da wir daran nicht erkennen konnten, wem das Buch gehört hatte, aber ich ließ Mila machen. Sie hatte sicherlich einen Plan von dem, was sie tat.

Der Dachboden war noch staubiger als Lorenas altes Arbeitszimmer. Überall standen uralte Kisten herum. Maria Doncaster war uns die steile Treppe nach oben gefolgt und durchsuchte nun eine Kiste gleich neben der Treppe. Mila führte uns weiter nach hinten. Das milchige Licht brachte nicht wirklich etwas. Sie zeigte uns eine Kiste, aus der sie einen von Maria Doncaster vor Jahren selbst gezeichneten Stammbaum ihrer Familie hervorzog. Sie deutete auf die obere Generation und meinte, dass diese Leute alle vor dem Tod ihrer Mutter gestorben wären. Die nächste Generation war schon diejenige ihrer Oma. Mila hatte also keine lebenden Urgroßeltern mehr, die etwas über das Tagebuch wissen konnten. Ihre Oma und ihr Opa lebten zwar noch, wussten aber, wie wir bereits festgestellt hatten, selbst nichts über das Tagebuch. Daraus schlussfolgern konnten wir also rein gar nichts.

Mila dachte nach. „Familienfeiern oder Ähnliches gab es seit dem Tod meiner Mum hier nicht mehr. Wer könnte denn bloß an das Buch gekommen sein?"

Auch ich strengte mein Gehirn an, kam jedoch auf nichts Sinnvolles. Mila nahm sich eine andere Kiste vor, in der Tausende Fotos waren. Die meisten waren Schwarz-Weiß-Bilder, die von früher stammen mussten. Nur ein paar wenige waren in Farbe, auf ihnen war hauptsächlich Mila abgebildet, als sie noch kleiner war. Enttäuscht ließ meine Freundin die Bilder wieder in die Kiste fallen.

„Das hier bringt nichts", murmelte sie.

Wir trotteten die Treppe wieder nach unten, Maria hatte schon vor uns den Dachboden verlassen. Mir fiel ein, dass sie früher immer wichtige Fotos in einer Schublade aufgehoben hatte. Sie hatte mir mal ein paar dieser Bilder gezeigt.

„Mila, hat deine Oma noch die Fotoschublade in ihrem Zimmer?"

Ihre Augen leuchteten auf. „Aber natürlich", sagte sie leise und war überrascht, dass ich darauf gekommen war. Sie eilte los zum Zimmer ihrer Großeltern.

Als ich mit Benny dort ankam, hatte sie schon die mittlere der drei Schubladen einer Kommode aufgerissen und wühlte darin herum. Sehr viele Fotos waren nicht darin. Ich warf einen Blick hinein. Das reinste Chaos. Hinten in der Schublade waren Bilderrahmen aneinandergestellt. Mila nahm alle einzeln raus, um sie anzuschauen. Das Ganze funktionierte wie am Fließband. Bilderrahmen raus, Blick darauf werfen, wieder zurückstellen. Doch plötzlich hielt sie bei einem Rahmen inne. Sie starrte das Bild an.

„Das sind meine Urgroßeltern, meine Oma und eine Person, die ich nicht kenne."

Als sie mir das Foto hinhielt, warf ich einen Blick darauf. Es war eine Schwarz-Weiß-Aufnahme, die am Strand entstanden war. Die vier Personen standen lächelnd nebeneinander. Es sah aus wie ein Familienfoto. Auch wenn das Bild schon vor sehr langer Zeit aufgenommen worden war, konnte ich Maria gut erkennen. Ich kniff die Augen leicht zusammen, um die vierte Person schärfer zu sehen. Ich hatte meine Brille zu Hause liegen gelassen. Die Person, die rechts neben Maria stand, kam mir vage bekannt vor.

Plötzlich riss ich die Augen auf. „Das ist Frau Delune, unsere frühere Stammkundin!"

„Bitte?" Mila sah mich verwirrt an.

Auf der Stelle stürmte sie mit der Aufnahme in der Hand zu ihrer Großmutter und forderte zu erfahren, wer die vierte Person auf dem Bild sein sollte.

Maria starrte das Foto mit finsterem Blick an. „Das ist meine Schwester."

„Du hast eine Schwester?!", platzte es aus Mila heraus. Vermutlich hatte Maria diese in all den Jahren nie erwähnt.

Und auch ich war verwirrt. „Frau Delune ist deine Schwester?", hakte ich nach.

„Woher weißt du, dass sie Delune heißt?" Maria sah mich irritiert an.

„Sie war mal Stammkundin in unserem Laden ..."

Maria ließ das so stehen und wandte sich wieder Mila zu. „Ich hatte einen heftigen Streit mit meiner Schwester, weißt du. Deswegen habe ich sie nie erwähnt."

„Wie heißt sie?", fragte Benny wie aus dem Nichts.

Maria schaute ihn mit düsterer Miene an, antwortete aber: „Yve Delune."

Benny hakte weiter nach: „Sie hat nicht zufälligerweise irgendwelche weiteren Namen, oder?"

„Oh, Yve hat unglaublich viele Namen. Bei ihr waren meine Eltern noch kreativ. Ich habe im Gegensatz zu ihr nur einen. Ich bin mir gar nicht sicher, ob ich Yves Namen alle auf die Reihe bekomme. Doch ..." Sie hielt inne. Ihre Augen weiteten sich. „Aber natürlich! Ich habe Yve früher mit dem Tagebuch gesehen. Sie hat es zu einem ihrer Geburtstage von meinen Eltern bekommen. Jetzt erinnere ich mich."

„Und ich habe sogar einen Beweis dafür, dass es Yve gehörte."

Wir starrten Benny überrascht an. Jetzt war er uns aber eine Antwort schuldig.

„Maria, wären Sie so nett und würden mir den kompletten Namen Ihrer Schwester nennen?"

„Also, ihr erster Name war Yve. Danach kam, soweit ich mich erinnere, Renée. Danach folgte ... ähm ... Alea. Und ihr letzter Name Vorname ... wie lautete der doch gleich? Isabella. Genau. Also haben wir Yve Renée Alea Isabella. Wieso fragst du danach?"

Benny dachte kurz nach, dann nickte er und murmelte: „Ja, das passt." Er griff sich einen Zettel und einen Stift, den er in Reichweite liegen sah. Dann schrieb er Yves kompletten Namen auf das Blatt und unterstrich die Anfangsbuchstaben jedes Einzelnamens.

Yve Renée Alea Isabella Delune

Nun schrieb er die zuvor unterstrichenen Anfangsbuchstaben von hinten nach vorne unterhalb des Namens auf das Blatt. Wir rissen alle erstaunt die Augen auf. Das konnte nicht wahr sein. Vor uns stand in Großbuchstaben nichts anderes als: *DIARY*.

Benny

Juni 2016

Wenn man von Leuten komisch angeschaut wurde, hatte man vermutlich irgendetwas getan, das die Gesellschaft seltsam oder ungewöhnlich fand. Wie zum Beispiel wenn man auf Sachen kam, die man eigentlich nicht wissen konnte. Ich war mir nicht sicher, wie ich darauf gekommen war, doch ich hatte einfach eins und eins zusammengezählt (und kam auf zwei ... hahaha. Unnötiger Fakt, Benny!).

Es gab einen Grund, warum auf dem Tagebuch *Diary* stand. Die Anfangsbuchstaben von Yves komplettem Namen in verkehrter Reihenfolge ergaben dieses Wort. Maria Doncaster, Mila und Diana starrten mich immer noch an, als wäre ich verrückt. Ich versuchte, unschuldig zu lächeln.

Mila schaffte es trotz ihrer immer noch anhaltenden Verblüffung, ein paar Worte an ihre Oma zu richten. „Weißt du, ob sie irgendwann in diesem Haus war? Und eventuell an das Tagebuch gekommen ist?"

Maria griff sich mit den Händen ans Herz. Oh Gott, was war ihr denn jetzt eingefallen?

„Ja, nach der Beerdigung deiner Mutter war sie hier. Ich habe sie erwischt, wie sie im Zimmer von Lorena herumschlich. Danach habe ich sie nur noch mehr gehasst. Was ist bloß in sie gefahren, ungebeten im Zimmer meiner kurz zuvor verstorbenen Tochter herumzuschnüffeln?!"

Mila und Diana schauten mich an. Im Chor sagten wir alle drei: „Das Tagebuch!" Yve war an jenem Tag in das Zimmer von Lorena geschlichen, hatte ihr altes Tagebuch gefunden und Lorenas Einträge gelesen. Sie hatte etwas entdeckt, von dem niemand anderes etwas wissen sollte, die Seiten eingesteckt und mitgenommen.

Als könnte Mila meine Gedanken lesen, fragte sie ihre Oma, wo sich Yve denn aufhielte.

Maria dachte nach. „Ich habe eigentlich immer angenommen, dass sie auch hier in Berlin lebt, aber ich kann es dir nicht sagen. Wir haben ja keinen Kontakt.“

Diana schüttelte den Kopf. „Nein, sie ist weggezogen. Wohin sie wollte, hat sie mir nicht erzählt. Sie hat sich nur ganz kurz verabschiedet. Das war sehr komisch. Überhaupt nicht Frau Delunes Art. Sie mochte mich immer sehr ... aber natürlich!“ Aufgeregt trippelte sie von einem Fuß auf den anderen. Das machte mich wahnsinnig, doch ich wollte sie nicht aus dem Konzept bringen. „Frau Delune hat dich gesehen.“ Sie schaute zu Mila. „Wir saßen im Laden und redeten über ein Tagebuch. Sie hat dich erkannt und wusste, dass es sich um Lorenas Tagebuch handeln musste. Ihr war klar, dass wir rausbekommen würden, dass sie die Seiten hat, deshalb ist sie abgehauen.“

Das Ganze machte tatsächlich Sinn. Kaum zu fassen, dass wir hinter das Geheimnis der verschwundenen Seiten gekommen waren. Doch wie sollten wir Yve finden, wenn niemand wusste, wo sie war?

Ich stellte diese Frage und nach kurzem Nachdenken bekam ich von Maria Doncaster eine Antwort: „Mir fällt nur ein Ort ein, wo sie so spontan hingegangen sein könnte.“ Fragend sahen wir sie an. „Yve hat ein Ferienhaus in Italien. Dort war sie früher jeden Sommer und immer dann, wenn sie sich zurückziehen wollte. Wenn ich nur wüsste, wo genau das ist. Wartet einen Moment. Ich glaube, ich habe noch Postkarten von früher.“ Schon stürmte Maria Doncaster davon und ließ uns stehen.

Doch ehe ich ein Gespräch mit den anderen anfangen konnte, kam sie schon wieder zurück. Wie schnell war diese Frau denn bitte unterwegs? Ehrlich, wenn ich in dem Alter so fit wäre, hätte ich mein Lebensziel erreicht. Maria Doncaster hatte einen Stapel Postkarten in der Hand und breitete sie einzeln vor uns auf einer Kommode, die im Flur stand, aus.

Auf zwei Postkarten stand nur *Toscana*. Hieß, sie war im Moment in der Toskana. Mit viel Glück zumindest. Auf zwei weiteren Postkarten stand der Name *Livorno*. Sagte mir nichts. Auf einer weiteren prangte der Stadtname Siena. Auch das sagte mir nichts. Ich war nur einmal am Gardasee im Urlaub gewesen. Sonst kannte ich mich in Italien so gut aus wie in der Wüste. Also gar nicht. Und wo war Yve? In Siena oder in Livorno?

Mila nahm die Siena-Postkarte hoch und las sie durch. „Okay, mit sehr viel Glück ist sie in Livorno. Hier steht nämlich, dass sie einen Ausflug nach Siena gemacht hat. Wo auch immer das sein mag." An ihre Oma gewandt fragte sie: „Dürfen wir eine Livorno-Postkarte mitnehmen, damit wir den Stadtnamen nicht vergessen?"

Maria Doncaster nickte, bevor sie davonging. Ich konnte noch ihre Schritte hören, als sie die Treppe hinunterlief. Ich sah in Milas kristallblaue Augen und wusste genau, was sie dachte. Sie wollte zu Yve, um die restlichen Tagebuchseiten zu holen. Wir mussten also nach Italien. Es war wenigstens ein Anfang.

Mila

Juni 2016

Ich musste nach Italien. Ich brauchte die restlichen Seiten, um herauszubekommen, welches Geheimnis meine Mum ins Tagebuch geschrieben hatte. Italien war weit weg. Wie sollten wir nur dorthin kommen? Diana und Benny konnten Auto fahren, so viel war klar. Also musste ich eben mit den beiden nach Italien. Und zwischendurch mussten wir zelten, denn genug Geld für Hotels hatte ich nicht und Diana schon gar nicht. Na, das würde ja eine lustige Reise werden, doch ich musste das tun. Mein Herz wollte das tun. Ich musste es für Mum riskieren. Vielleicht hatte sie ja sogar gewollt, dass ich ihr Tagebuch irgendwann einmal lesen würde.

Ich saß im Schneidersitz auf meinem Bett. Benny hockte vor mir auf dem Boden und schaute sich seelenruhig um. Diana war schon gegangen, da sie sich um den Laden kümmern musste.

Ich wartete nicht, bis ich Bennys Blick aufgeschnappt hatte, sondern sagte bestimmt: „Wir müssen nach Italien."

Ohne zu mir aufzuschauen, meinte er: „Ja, ich weiß."

Ich war nicht überrascht. Wahrscheinlich hatte er sich schon gedacht, dass ich unbedingt nach Italien wollte.

In der nächsten Stunde planten wir alles und besprachen das Wichtigste. „Wir können aber nicht durchfahren. Das schaffe ich nicht", bekannte Benny.

„Wir zelten."

„Echt jetzt?" Er grinste. „Du willst wirklich mit mir zelten gehen?" Fragend zog ich die Augenbrauen hoch. „Na ja, viel Spaß, wenn du mich vierundzwanzig Stunden am Tag aushalten willst."

Ich verdrehte die Augen. Immer wenn ich das machte, musste Benny lachen und schließlich lachten wir zusammen. Ich kannte wirklich keine andere Person, die alles so locker und spaßig aufnahm wie Benny. Einfach in jeder Situation konnte er lachen und Witze machen.

„Ja, ich wünsche mir nichts mehr, als dringend mit dir zelten zu gehen, weißt du", erwiderte ich schmunzelnd.

Benny sagte nichts mehr zum Thema Zelten, sondern fragte nach einer Karte.

„Was für 'ne Karte?"

„Landkarte? Schon mal davon gehört? Bräuchte man eventuell, wenn man nach Italien kommen will."

„Google Maps?"

„Ach, entschuldige. Die Jugend von heute benutzt ja keine Karten mehr. Dumm ist nur, dass du auf einer langen Fahrt dein Handy nicht aufladen kannst, junge Lady."

„Oh ..." Ich musste lachen. Da war was dran.

Ich ging also auf die Suche nach einer Karte. Erfolglos. Woher sollte ich wissen, wo bei uns Landkarten aufbewahrt wurden? Ich konnte mich nicht mal daran erinnern, wann wir das letzte Mal im Urlaub gewesen waren. So viel Geld hatten wir nicht.

Benny beschloss, zu Hause nach einer Karte zu schauen und eine geeignete Route herauszusuchen. Wir einigten uns darauf, Anfang der nächsten Woche zu starten. Zum Glück hatte ich Sommerferien. Jetzt musste ich nur noch mit Diana telefonieren. Sie zu einer Reise nach Italien zu überreden, würde wohl ein bisschen dauern. Man konnte sie nur schwer von ihrem Buchladen trennen. Aber ich wusste genau, dass sie mir zuliebe mitkommen würde. Und vielleicht auch wegen Benny. Die ständigen Blicke, die sich die beiden zuwarfen, waren mir nicht entgangen. Zugegeben, sie würden wirklich gut zusammenpassen. Aber das ließ ich die beiden mal selbst machen. Wenn Benny wirklich Interesse hatte, würde er das Diana schon klarmachen. Er sprach alles aus, was ihm gerade im Kopf herumschwirrte.

Nachdem Benny gegen Mittag gegangen war, trat ich aus der Haustür, um meine Gedanken zu sortieren. Ich ging um das Gebäude herum und stieg die alte Holzleiter, die am Carport lehnte, nach oben. Sie war so alt, dass man bei jedem Schritt Angst bekam, die Sprossen würden gleich durchbrechen. Erstaunlicherweise hielt sie trotzdem seit Jahren.

Früher war ich immer auf den Carport gestiegen, wenn ich schlecht gelaunt war oder alleine sein wollte. Ich hatte immer das Gefühl, von dort oben über die ganze Welt hinwegschauen zu können. In Wahrheit war es nur unsere Straße, aber es machte mich glücklich.

Auch jetzt setzte ich mich auf das leicht schräge Dach, zog die Knie an die Brust und schaute über die Straße. Ich konnte eine ältere Frau erkennen, die einen Hund hinter sich her zog, der so gar keine Lust aufs Gassigehen zu haben schien. Er erinnerte mich ein bisschen an eine Ratte. Graubraunes Fell und äußerst klein. Der Hund bellte kräftig und wollte unbedingt in die andere Richtung. Jetzt erkannte ich, wohin er strebte. Eine junge Dame tauchte in meinem Sichtfeld auf, die ebenfalls einen Hund an der Leinen führte. Dieser war weiß und hatte viel zu viel Fell. Er sah aus wie ein Wischmopp und zerrte ganz schön an der Leine. Die Dame hatte zu kämpfen, um ihn zurückzuhalten. Mit schweren Schritten ging sie hinter ihrem Hund her.

Als Ratte und Wischmopp aufeinandertrafen, war es unglaublich, wie sehr sich die beiden freuten. Ich musste grinsen. Die Hunde sprangen wild umeinander herum, auf und ab, so lange, bis sich die Leinen komplett verheddert hatten. Liebe konnte so schön sein. Die alte Frau und die Dame versuchten angespannt und genervt, das Leinenchaos zu beseitigen.

Ich zuckte zusammen, als ich ein Geräusch unten an der Holzleiter hörte. Jemand stieg die Sprossen hoch. Ich hielt die Luft an. Ich hatte noch gar keine Zeit gehabt, über Yve nachzudenken. Ich hasste es, hier oben gestört zu werden. Hier war mein Zufluchtsort.

Das Erste, was ich von der Person sah, die meine Einsamkeit störte, waren dunkelblonde, nach oben gestylte Haare. Oh nein. Das war nicht allen Ernstes der Nachbarsjunge?!

Doch meine Befürchtung wurde wahr. Sein Kopf tauchte auf und geschickt kam er über das Dach auf mich zugekrabbelt. Was wollte er von mir? Unschuldig und zaghaft lächelte er mich an und schaute dann nach vorne auf die Straße. Sein Gesicht war immer noch blau gefärbt, es sah wirklich schmerzhaft aus. Ich wollte lieber gar nicht wissen, was er da abbekommen hatte.

„Wow. Die Aussicht von hier ist echt schön", sprach er.

Ich musterte ihn kurz von der Seite, dann blickte ich wieder mit todernster Miene nach vorne. Er war nicht ernsthaft hier hochgekommen, weil er sich dachte: „Hey, die Aussicht von da oben wird genial sein, da gehe ich mal hin!"

Jetzt spürte ich seinen Blick auf mir. Das Zweite, was er sagte, war nichts weiter außer: „Jacob."

Konnte dieser Junge vielleicht mal in ganzen Sätzen reden? War Jacob sein Name? Hieß sein Dackel so? Oder vielleicht sein Großvater? Ich verkniff mir meine provozierenden Fragen und sagte gar nichts. Ich ignorierte ihn förmlich.

Das Nächste was er sagte, war: „Du musst nicht so schüchtern sein. Wirklich nicht. Ich beiße schon nicht."

Knallhart schleuderte ich ihm entgegen: „Das ist Desinteresse." Innerlich feierte ich meine Antwort, äußerlich biss ich mir nur auf die Unterlippe und blieb ernst. Er hatte es verdient. So wie er aussah, liefen ihm vermutlich die Mädchen scharenweise hinterher und das war der erste Korb, den er bekommen hatte.

Er sagte nichts mehr, vermutlich war er fassungslos wegen meiner schonungslosen Schlagfertigkeit. Er berührte mich an der Schulter und wollte damit wahrscheinlich bewirken, dass ich ihn endlich mal anschaute. Leider bekam er seinen Willen, da ich zusammenzuckte und mein Kopf automatisch herumschnellte. Seine braunen Augen fixierten mich. Er schaute mich direkt an. Oh. Mein. Gott! Sein Blick machte mich schon aus zehn Metern Entfernung wahnsinnig. Jetzt war er gerade mal einen halben Meter von mir entfernt. Ich hielt die Luft an.

Jacob redete ziemlich entspannt drauflos. „Du hast mich doch letztens aus dem Polizeiauto steigen sehen." Ich wollte den Kloß in meinem Hals hinunterschlucken, doch meine Antwort interessierte ihn eigentlich gar nicht, er wusste sie ohnehin schon vorher. Munter sprach er weiter: „Ich wollte dir eigentlich nur sagen, dass es so was wie ein Missverständnis war und ich kein Gangster oder so bin. Wollte nicht, dass du einen schlechten Eindruck von mir hast."

Hatte er das wirklich gesagt? Er klang eigentlich ganz vernünftig. Wahrscheinlich wollte er einfach nicht, dass ich das erste Mädchen war, bei dem er es von Anfang an versaute. Ich wusste nicht, was ich dazu sagen sollte, und so nickte ich nur knapp.

„Warum redest du nicht mit mir?", fragte er etwas zögerlich.

Ich zuckte zwar nur mit den Schultern, schob aber hinterher: „Was soll ich denn sagen?" Ich klang schon fast ein wenig genervt, was eigentlich keine Absicht war.

Jetzt zuckte er mit den Schultern und starrte auf die Straße vor uns. Na toll, das war ja ein super Gespräch. Ich spürte schon wieder seinen Blick auf mir. Diesmal zögerte er, bevor er erneut das Wort ergriff. Wahrscheinlich rang er um die richtige Formulierung.

„Hast du vielleicht irgendwann mal Lust, um … keine Ahnung … etwas trinken oder essen zu gehen? Oder ins Kino?"

Langsam schüttelte ich den Kopf. Ein bisschen leid tat er mir schon. Ich verpasste ihm eine Abfuhr nach der anderen. Er senkte betreten den Blick, doch ich ergänzte mein Kopfschütteln noch um eine Erklärung. „Ich muss weg."

„Wohin?", fragte er.

„Das weiß ich noch nicht genau." Und das stimmte sogar. Mein Weg führte nach Italien, doch wohin genau, das wusste ich nicht. In diesem Moment hätte ich alles erwartet, aber nicht die Antwort, die ich von diesem unberechenbaren Jungen bekam.

Er fragte allen Ernstes: „Kann ich mitkommen?"

Ich sah ihn ziemlich perplex an, dachte aber ernsthaft darüber nach, ihn mitzunehmen. Was sprach dagegen? Vielleicht konnte er ein wenig Geld dazugeben. Schließlich machten seine Eltern den Eindruck, als hätten sie ordentlich viel davon. Wahrscheinlich wollte er seine Klischeeschwester auch mitnehmen, aber das würden wir schon überleben. Zumindest hoffte ich das.

Am späten Nachmittag rief ich Diana an in der Hoffnung, dass im Laden gerade nicht viel los wäre und sie ans Telefon ginge. Es dauerte ein bisschen, bis sie abnahm, aber sie tat es.

„Was gibt's? Geht es dir gut? Alles in Ordnung?"

Ich rief sonst nie während der Öffnungszeiten an. Sie wusste also, dass ich irgendetwas von ihr wollte. Ich überlegte, wie ich es formulieren sollte. „Diana, ich muss nach Italien", kam ich sofort zum Wesentlichen.

„Ich weiß, Mila."

„Und du musst mitkommen."

Sie stockte und ich merkte, dass sie die Luft anhielt. Okay, es konnte vielleicht doch schwieriger werden, sie zu überreden.

„Du weißt, dass ich arbeiten muss. Ich kann den Laden nicht einfach sich selbst überlassen und mit dir nach Italien abhauen."

„Doch, das kannst du. Du weißt genau, wie viel mir das bedeutet. Du willst doch auch wissen, was meine Mum in das Tagebuch geschrieben hat."

„Wir telefonieren jeden Abend. Dann kannst du mir erzählen, was du herausgefunden hast. Außerdem hab ich nicht genug Geld, um einfach mal nach Italien zu reisen. Ist ja auch nicht der nächste Weg.“

„Bitte, Diana.“ Dann musste ich eben die Bettelnummer abziehen. Bevor sie überhaupt zu Wort kam, fügte ich hinzu: „Benny kommt auch mit!“

Stille.

Ich wusste, dass es funktionieren würde, trotzdem protestierte sie erst mal weiter. „Ich habe trotzdem nicht genug Geld.“

„Schatzi, wir brauchen kein Geld. Wir fahren mit dem Auto. Benny und du, ihr wechselt euch beim Fahren ab. Nachts zelten wir und meinetwegen bezahl ich auch das Essen.“

Erneut Stille.

„Okay, ich frage meine Eltern, ob sie in der Zeit einspringen können.“

„Geht doch.“ Erleichtert atmete ich auf.

„Ich sagte, ich frage meine Eltern“, schärfte sie mir ein.

„Gib zu, ich hab dich überredet. Und es war das Benny-Argument.“ Ich schmunzelte. „Was läuft denn da?“

Viel zu schnell zischte sie: „Nichtsssss!“

Sie brauchte sich nicht herauszureden, ich wusste genau, dass zwischen den beiden etwas lief. Ich kannte Diana einfach viel zu gut. Trotzdem ließ ich ihre Antwort so stehen. Wir unterhielten uns noch kurz, dann beschloss ich, sie zu fragen, ob wir Jacob mitnehmen könnten. Vermutlich würde er nicht ohne seine Schwester mitkommen. Zwei Leute mehr, das konnte schon schwierig werden. Aber es war nicht unmöglich.

„Duuuuuuu?“, fing ich an.

Sie stöhnte. „Was ist denn jetzt noch?“

„Meinst du, wir können zwei Leute mehr mitnehmen? Fünf Personen passen doch ins Auto.“

Sie schnaubte. „Sag nicht, du willst diesen Kriminellen und seine Schwester dabeihaben.“ Stille. „Na super. Ein Krimineller und ein Klischeekind mit uns im Auto.“

„Sein Name ist Jacob. Und er ist kein Krimineller.“

Diana seufzte. „Ich habe wirklich keine Ahnung, wieso du ihn mitnehmen willst. Aber von mir aus, der Kriminelle ist dabei.“

„Diana!"

„Es ist deine Reise. Aber halte mir ihn und seine Schwester vom Hals."

„Geht klar", sagte ich munter und überglücklich.

Juni 2016

Der besagte Tag war gekommen. Die Reise ging los. Ich stand mit meinem pinken Koffer auf der Straße vor unserem Haus. Jacob stand neben mir und tippelte die ganze Zeit von einem Fuß auf den anderen. Es war früh am Morgen und unsere Eltern hatten keinen blassen Schimmer, dass wir in den nächsten Stunden mehrere Hundert Kilometer von zu Hause weg sein würden.

Endlich fuhr ein großes Auto unsere Straße hinunter. Es hielt neben uns. Warum Mila, die eigentlich gegenüber von uns wohnte, jetzt aus dem Auto stieg, war zwar ein bisschen merkwürdig, aber ich dachte nicht länger darüber nach. Benny, der sich als Freund von Mila herausstellte und das Auto fuhr, wuchtete meinen Koffer, der wohl ein bisschen zu schwer geraten war, in das Auto. Ob mein Glätteisen oder der Schminkkoffer zu schwer war, wusste ich nicht.

Als wir uns alle in das Auto sortiert hatten und zu dritt gequetscht auf der Rückbank saßen, ging die Fahrt los. Wohin wir fahren würden? Keine Ahnung.

Wie lange wir weg sein würden? Auch darauf hatte ich keine Antwort.

Ich saß am Fenster. Neben mir Jacob, der seinen Blick relativ häufig gedankenversunken auf Mila heftete. Offenbar stand er auf sie. Wäre auch mal ein Ding gewesen, wenn er sich irgendwohin begeben würde und nichts von einem Mädchen wollte. Die hatten schon immer eine große Rolle in seinem Leben gespielt.

Ich betrachtete Benny, der am Steuer saß. Er sah eigentlich recht gut aus. Nur war er viel zu alt für mich. Neben ihm hatte Diana Platz genommen, die sich mir als Schwester von Mila vorgestellt hatte. Ich glaubte nicht, dass sie das wirklich war, denn ich hatte sie noch nie bei Mila zu Hause gesehen.

Ich verstand nicht ganz, warum ich in diesem Auto saß. Jacob hatte mich fast gezwungen mitzukommen. Vermutlich hatte er ein

schlechtes Gewissen und würde mich nie wieder in meinem Leben
alleine lassen. Das hatte er einmal gemacht und nun NIE wieder.
Ich war wirklich so gut wie nie alleine. Und Jacob wusste genau,
dass unsere Eltern ständig arbeiten waren. Wenn er dann auch noch
weg wäre ... das würde sein Gewissen nicht mitmachen. Aber die
Reise mit diesen Leuten hier konnte vielleicht ganz lustig werden.

Es herrschte komplette Funkstille im Auto. Nur Benny unterhielt
sich ab und zu leise mit dem Mädchen neben ihm, ob er denn wirklich diese Ausfahrt nehmen solle oder doch die nächste.

Ich dachte an die Worte, die Josef vor einiger Zeit gesagt hatte, als
ich vor ihm getanzt hatte: „Mädchen, du solltest etwas aus deinem
Talent machen. Nicht jeder kann mit elf Jahren so tanzen. Ich glaub
an dich!"

Vielleicht sollte ich ihm vertrauen und wirklich versuchen, etwas
aus meiner Liebe zum Tanzen zu machen. Auch wenn das meinen
Eltern nicht passen würde. Es war schließlich mein Traum und
nicht ihrer. Josef war so ungefähr die einzige Person auf Erden, der
ich wirklich alles erzählte. Ich hatte auch nur ihm offenbart, dass
ich mit Jacob auf diese Reise gehen würde.

Vielleicht sollte ich mich tatsächlich an einer Tanzschule bewerben oder zu einer Castingshow gehen. Wie cool wäre es, wenn ich
gewänne und später mein Geld mit dem Tanzen verdienen könnte.
Wahrscheinlich träumte ich schon wieder zu viel.

Jacob

Juni 2016

Nach ein paar Stunden Fahrt hielt Benny an einer Tankstelle. Wir alle krochen aus dem Auto. Mein Rücken knackte, als ich mich streckte. Leise stöhnte ich auf. Ich hatte viel zu lange gesessen. Leider warteten noch mehrere Stunden Fahrt auf mich. Abgesehen von Benny, der das Auto mit Benzin füllte, gingen wir alle zum Laden und suchten uns das zusammen, was wir für die Weiterfahrt brauchen würden. Während Holly Mila zu einem Regal schleppte, in dem sich Beauty-Produkte befanden, ging ich zur wichtigsten Auslage: dem Süßigkeitensortiment! Ich schnappte mir ein paar Schokoriegel. Zucker brauchte ich jetzt dringend. Ich warf einen Blick zu Holly und Mila hinüber. Meine kleine drogeriemarktsüchtige Schwester hielt etwas, das aussah wie ein Lippenpflegestift, in der Hand und redete mit Mila.

„Ihhhh, Karamellgeschmack. Ich hatte eigentlich nicht vor, mir Karamell ins Gesicht zu klatschen", quiekte sie.

Ich musste mir das Lachen verkneifen. Das war typisch meine Schwester. Mila entdeckte mich. Wir schauten uns kurz an, bevor ich schnell verschwand. Mila war das komplette Gegenteil von mir, doch ich mochte sie irgendwie. Seit wir uns durch ihr Fenster angestarrt hatten, ging sie mir nicht mehr aus dem Kopf. Ich verstand nicht ganz, was sie mit mir machte. Ich hatte mir zuvor noch nie so viele Gedanken über ein Mädchen gemacht. Ich musste anfangen, wieder cool rüberzukommen, sonst hatte ich null Chancen bei ihr.

Als wir uns alle an der Kasse wiedertrafen, zögerte ich kurz, ehe ich ein Päckchen Zigaretten zu meinen Sachen dazulegte. Jungs, die rauchten, kamen doch immer cooler rüber. Ich beobachtete Mila. Als sie die Zigaretten wahrnahm, starrte sie sie förmlich an und wendete dann ihren Blick von der Schachtel und mir ab. Was war los? War Rauchen vielleicht doch nicht so cool, wie ich dachte?

Diana schleppte alles Mögliche an. Dosensuppen, ein Feuerzeug,

Getränkedosen und einen Stapel von verschiedensten Zeitschriften. Was genau hatte sie vor?

Als sie meinen verwirrten Blick, der auf die Zeitschriften gerichtet war, bemerkte, meinte sie nur trocken: „Falls wir kein Feuerholz finden sollten."

Ähm, bitte was? Hatte sie ernsthaft vor, in der Wildnis ein Feuer zu machen? Ich befürchtete allerdings, dass es kein Scherz gewesen war und wir wirklich irgendwo da draußen essen und schlafen mussten. Hätte mir das vielleicht mal jemand früher sagen können?

Es begann zu dämmern und wir fuhren immer noch. Die Scheinwerfer beleuchteten die Straße. Links und rechts der Fahrbahn war nichts als düsterer Wald zu sehen. Wir waren seit heute Morgen unterwegs. Hatte Benny vielleicht mal vor, irgendwann eine Pause zu machen? Nicht nur wir, sondern auch er brauchte Schlaf.

Als wir endlich anhielten, schaute ich mich um. Ich hatte absolut keinen Schimmer, wo wir waren und wie spät es war. Diana und Benny holten allen Ernstes zwei Zelte aus dem Auto und bauten sie in null Komma nichts auf.

Wir beschlossen, an diesem Abend die gekauften Dosensuppen zu essen. Holly war nicht begeistert von dieser Idee und schaute angewidert unser Abendessen an. Doch ihr Hunger war wahrscheinlich größer als ihre Abscheu. Wir versuchten, mit den Zeitschriften ein Feuer zu machen, und es gelang uns tatsächlich. Es wurde ein entspannter Abend, was ich nicht gedacht hätte. Wir saßen um das Feuer herum und jeder hatte eine Dose mit Suppe vor sich auf dem Boden stehen. Wir unterhielten uns lange und mussten oft lachen, wenn Holly mit zugekniffenen Augen versuchte, die Dosensuppe hinunterzuwürgen. Ach ja, meine verwöhnte Schwester.

Ich war froh, auf diese Reise mitgekommen zu sein. Es war das erste Mal seit Langem, dass ich Spaß hatte, ohne vorher Alkohol getrunken zu haben. Vielleicht hatte ich mich in meinem früheren Leben einfach mit den falschen Leuten abgegeben.

Wir saßen noch lange unter dem Sternenhimmel. Mila erzählte uns in Auszügen die Geschichte, derentwegen wir überhaupt hier waren. Sie tat mir leid und hinterließ bei mir den Eindruck, dass sie nur deshalb so still und schüchtern durchs Leben ging, weil sie all ihren Schmerz in sich hineingefressen hatte. Ich wüsste ehrlich gesagt nicht, was ich ohne meine Mutter machen würde. Mila war ein toughes Mädchen und ich bewunderte sie. Als uns irgendwann die Gesprächsthemen ausgingen, saßen wir schweigend und jeder in seine Gedanken versunken da. Da ich keine Ahnung hatte, was wir sonst machen sollten, fragte ich Holly, ob sie uns nicht eine kleine Kostprobe ihres Talents geben wollte.

„Was für eine Kostprobe? Kannst du singen?", fragte Diana und riss die Augen auf.

Holly lachte auf. „Nein, schön wär's."

„Was meine kleine Schwester so draufhat, ist bei Weitem besser, als zu singen", warf ich ein.

Als Holly sich bereit gemacht hatte, startete ich die Musik auf meinem Handy. Ich schaute ihr so gerne beim Tanzen zu, beobachtete, wie die Melodien ihren Körper übernahmen und dessen Bewegungen lenkten.

Als sie zum Stehen gekommen war, starrten die anderen sie fassungslos an. Schließlich überwanden sie ihr Erstaunen über Hollys ungeahntes Talent und brachen in Lobeshymnen aus. „Wow! Das war mal krass."

„Ja, im Ernst jetzt, mach was aus diesem Talent! Ich habe noch nie in meinem ganzen Leben jemanden so gut tanzen sehen."

Holly wurde rot. Sie hatte bis jetzt nur vor Josef und mir getanzt. Mit so vielen Komplimenten hatte sie wahrscheinlich nicht gerechnet.

Ich ließ die Musik weiterlaufen, und als etwas Langsameres kam, forderte Benny Diana zum Tanzen auf. Überraschenderweise konnten die beiden tatsächlich Standard tanzen. Und es sah verdammt gut aus. Holly versuchte ebenfalls, auf diese Art von Musik zu tanzen. Und so saß ich mit Mila alleine da und musterte sie schräg von der Seite. Sie sah sehr süß aus, wie sie total versunken in ihre eigene Welt war. Als sie meinen Blick bemerkte, lächelte sie mich an. Sie lächelte! Und es war das schönste Lächeln, das ich je gesehen hatte, mit zauberhaften Grübchen in den Wangen.

Ich wusste nicht, was ich sagen sollte, also lächelte ich auch. Und sie wirkte, als machte sie das glücklich. Ich hatte sie oft angeschaut in den letzten Stunden. Dabei hatte sie immer so nachdenklich ausgesehen. Oder traurig. Doch jetzt strahlten ihre Augen förmlich. Ich wünschte mir, dass sie diesen funkelnden Glanz niemals wieder verlieren mochten.

Diana

Juni 2016

Ich lag noch lange wach. Ehrlich gesagt erinnerte ich mich nicht daran, jemals nachts in einem Zelt gelegen zu haben. Mein Gespräch vorhin mit Benny, während wir getanzt hatten, ging mir nicht mehr aus dem Kopf. Eigentlich hatte ich ihn nur gefragt, ob es überhaupt erlaubt war, hier zu zelten. Er wusste es nicht. Und so wie er sich angehört hatte, interessierte es ihn auch nicht wirklich. Ich hingegen hatte natürlich wieder über mögliche Folgen nachgedacht. Was wäre, wenn uns jemand erwischte ...

Darauf meinte Benny nur: „Denk nicht immer daran, was die Konsequenzen sein könnten. Tu das, was dein Herz dir sagt. Nur so wirst du glücklich. Spring über deinen Schatten. Riskiere auch mal etwas."

Und irgendwie hatte er recht. Ich dachte immer über die Konsequenzen nach, hatte daher in meinem Leben noch nie etwas Verbotenes getan. Immer hielt ich mich an die Regeln. Mein Leben war gut, so wie es war. Aber vielleicht konnte es noch besser sein. Laut Benny entging mir der ganze Spaß, den das Brechen von Regeln mit sich brachte.

Mit den Gedanken weiterhin bei Benny und meinem Leben schlief ich irgendwann ein. In einer Duftwolke aus Milas Deo und Hollys Parfüm. Die Mischung aus beidem war echt widerlich, aber was sollte ich machen? Ich konnte schlecht draußen schlafen.

Als der nächste Morgen angebrochen war, uns nichts anderes übrig blieb, als die restlichen Dosensuppen zu essen, wir Hollys Konflikt mit ihren Haaren überstanden hatten und Jacob den Morgensport mit Benny überlebt hatte (kurzzeitig lag er auf dem Boden wie ein atmender Stein), ging die Reise endlich weiter.

Ich lehnte meinen Kopf gegen die Scheibe und schaute nach draußen. Die Landschaft war wunderschön. Unbeschreiblich viele gelbe

Felder, unzählige Bäume und Wälder. Die Erde sah überall total trocken aus und auch das Gras war mehr gelb als grün.

Wir nahmen einige Kurven und Mila meckerte von hinten, dass ihr gleich schlecht werden würde.

„Kotz bitte aus dem Fenster!", rief ihr Benny zu und grinste. Auch meine Mundwinkel zuckten nach oben.

Wir überholten zwei Radfahrer, die am rechten Straßenrand entlangfuhren. Die mussten doch verrückt sein, bei der Hitze freiwillig Fahrrad zu fahren.

Plötzlich tauchte ein Ortsschild vor uns auf: Livorno. Wir hatten es geschafft.

Benny fuhr langsam in die Stadt hinein. Wir hielten an einem Zebrastreifen an, da ein Opa hinüberwollte. Er hob dankend die Hand und ging mit gekrümmtem Rücken über die Straße. Seine Hand stützte sich auf einem Gehstock ab. Er trug eine braune Cordhose, die bis zum Bauch hochgezogen war. Es sah süß aus, wie er so über die Straße wackelte.

An den Straßenseiten befanden sich Steinhäuser, die aussahen, als wären sie vor vielen Jahrhunderten gebaut worden. Fast alle Gebäude hatten grüne Fensterläden.

Da wir keine Ahnung hatten, wo genau Yve wohnte, fuhren wir erst einmal in Richtung Strand, da sie immer geschrieben hatte, ihr Haus befände sich am Meer. Irgendwo mussten wir ja mit der Suche anfangen.

Die Sonne spiegelte sich in meinem silbernen Ring und warf einen Lichtfleck auf das Lenkrad, den Benny bemerkte. Er lächelte mir zu. Ich liebte sein Lächeln. Es sog mir alle Gedanken aus dem Kopf. Ich musste dann einfach mitlächeln und war glücklich.

Als wir nur noch ein paar Meter vom Meer entfernt waren, stiegen wir aus und sahen uns um. Drückende Hitze umhüllte mich. Es war unglaublich heiß. Ich brauchte eine Klimaanlage. Dringend. Ganz dringend. Keine zwei Minuten und ich begann zu schwitzen.

Wir standen etwas hilflos herum, da wir keine Ahnung hatten, wie wir Yves Haus finden sollten. Benny ging zu ein paar Leuten und fragte in gebrochenem Englisch, ob sie jemanden mit dem Namen Delune kennen würden. Doch niemand konnte uns weiterhelfen.

Wir hatten schon ziemlich lange erfolglos gesucht und waren kurz vor dem Aufgeben. Zu fünft saßen wir geschafft auf ein paar Stufen neben dem Auto, als ich einen jungen Mann mit einem kleinen Mädchen, das wahrscheinlich seine Tochter war, entdeckte. Das Mädchen hatte eine Spieluhr in der Hand, in der sich eine Ballerina drehte. Die Kleine schaute die Spieluhr mit funkelnden Augen an und sah überglücklich aus. Der Anblick rührte mich.

Ich trat auf die beiden zu und fragte in meinem besten Italienisch: „Entschuldigen Sie, ich bin auf der Suche nach einer Frau namens Yve Delune. Können Sie mir vielleicht weiterhelfen?"

Der Mann nahm seine Tochter an die Hand, damit sie nicht weiterlief, und schaute mich nachdenklich an. „Ich weiß nicht genau, aber ich glaube, ich muss Sie enttäuschen. Ich habe ein ganz schlechtes Namensgedächtnis."

„Okay, kein Thema. Trotzdem danke."

Ich lächelte das kleine Mädchen an und wollte gerade davongehen, als es mich anschaute und mit heller Stimme fragte: „Wie war der Name noch mal?"

Ich blieb stehen. „Ich suche Frau Delune. Aber ich glaube nicht, dass du mir helfen kannst."

Die Kleine antwortete ernst: „Doch, ich glaube schon, dass ich das kann." Sie deutete in Richtung Meer. „Da vorne war ein Schild an einem Haus. Da stand Delune drauf." Sie sprach den Namen zwar falsch aus, jedoch fingen meine Augen an zu strahlen.

„Oh, danke schön. Das ist wirklich total nett von dir. Vielen lieben Dank."

Ich verabschiedete mich von dem Vater und dankte noch einmal der Kleinen, bevor ich zu meinen Reisegefährten zurückeilte. Ich erzählte ihnen, was ich herausgefunden hatte, und wir liefen einen kleinen Pfad entlang in Richtung Meer. Der Weg gabelte sich und führte sowohl nach links als auch nach rechts. Ratlos sahen wir in beide Richtungen. Wir beschlossen kurzerhand, erst einmal nach rechts abzubiegen. Tatsächlich gelangten wir nach einem kurzen Fußmarsch zu einem schwarzen Gartentor. Ein recht großes Schild hing daneben, auf dem der Name Delune stand. Wir hatten ihr Haus also wirklich gefunden.

Benny

Juni 2016

Ich verspürte ein komisches Gefühl in meinem Magen, als wir uns dem Haus näherten. Eigentlich in meinem gesamten Körper. Nervosität.

Mila öffnete das Gartentor und trat auf Yves Grundstück. Ein schmaler Pfad führte bis zum Haus. Links und rechts davon standen schmale, hohe Bäume. Als wir vor der Haustür zum Stehen kamen, betrachtete ich das Haus. Es war komplett aus Steinen gebaut, die alle unterschiedlich waren. Sie passten eigentlich gar nicht aufeinander, aber irgendwie wurde das Problem mit sehr viel Mörtel geregelt. Was mir sofort auffiel, war das Hufeisen über der Tür. Jedoch hing es verkehrt herum, sodass das ganze Glück herausfiel. Was für ein Schwachsinn!

Mila drückte auf die Klingel. Schon kurz darauf öffnete sich die Tür. „Mila", flüsterte Yve erschrocken, „was machst du denn hier?"

„Können wir vielleicht reinkommen und dir drinnen alles erklären?", erwiderte Mila. Deren Großtante stand eine Weile erstarrt da. Wir hatten sie wohl ein wenig überrascht. „Aber natürlich", brachte sie schließlich hervor, legte Mila eine Hand auf die Schulter und machte Platz, damit sie eintreten konnte. Yve begrüßte Diana genauso zaghaft und war sichtlich erschrocken, diese hier zu sehen.

Nachdem der Kriminelle und Miss Klischee eingetreten waren, nickte ich Yve zu. Sie setzte einen fragenden Blick auf. Ich schüttelte schnell den Kopf und bedeutete ihr damit, zu schweigen und erst einmal abzuwarten.

Falls sie alleine lebte, war das Haus wirklich sehr groß. Yve führte uns ins Wohnzimmer. Wir nahmen alle auf einer grauen, riesigen Couch Platz. Nachdem sich auch die Hausherrin gesetzt hatte, holte Mila das rote Tagebuch aus ihrer Tasche. Yve atmete tief ein und schloss die Augen. Sie wusste also genau, was gleich kommen würde.

Mila fragte leise: „Das ist deins, oder?"

Yve nickte langsam. Meine Vermutung war also richtig gewesen. Der lange Weg hierher hatte sich gelohnt. Jetzt musste sie nur noch die restlichen Tagebuchseiten in ihrem Besitz haben.

Mila begann zu erzählen, wie sie das Tagebuch im Zimmer ihrer Mutter gefunden hatte, wie sie mit uns begonnen hatte, es zu lesen, wie sie festgestellt hatte, dass ein paar Seiten fehlten, wie wir herausgefunden hatten, wem das Tagebuch ursprünglich gehörte und wo Yve sich eventuell aufhalten könnte, und wie wir uns auf die zweitägige Reise begeben hatten.

„Und jetzt sind wir hier. In der Hoffnung, dass du die letzten Tagebuchseiten hast", schloss Mila ihren Bericht.

Jacob und Holly hatten die ganze Zeit über aufmerksam zugehört. Sie hatten die Geschichte ja bisher nur in Bruchstücken gekannt. Nun ruhten unser aller Augen auf Yve und wir warteten auf eine Reaktion von ihr.

Sie hielt sich die Hand vor den Mund. Ihr lief eine Träne die Wange nach unten. „Ja ... ja. Ich habe die Seiten", presste sie hervor. Ich atmete erleichtert auf. Die lange Fahrt war nicht umsonst gewesen.

Yve stand langsam auf und verließ das Zimmer. Es war totenstill im Raum. Wir alle waren in unsere eigenen Gedanken versunken.

Yve kam nach einigen Minuten mit einer Handvoll Blättern wieder. Darunter waren auch die restlichen Tagebuchseiten. Milas Blick klebte förmlich daran, doch Yve rückte sie noch nicht heraus.

„Bevor ich euch die letzten Seiten gebe, möchte ich euch gerne die Wahrheit erzählen. Die Wahrheit über mich, dieses Tagebuch und über all das, was passiert ist. Zunächst einmal möchte ich sagen, dass ich deine Mutter sehr gemocht habe. Deine Oma, also meine Schwester, ist relativ früh schwanger geworden. Ich hatte ein gutes Verhältnis zu Lorena und habe sie irgendwann, als sie alt genug war, mit auf eine Feier genommen. Um ihr das Leben zu zeigen und ihr ein bisschen Spaß zu gönnen. Deine Oma hätte so etwas nie mit ihr gemacht, weißt du. Leider ist bei dieser Feier so einiges schiefgegangen und ich bereue es bis heute, sie mitgenommen zu haben. Es war ganz allein mein Fehler. Ich habe dieses Tagebuch nie benutzt. Doch nachdem ich bemerkt hatte, dass es ein fataler Fehler gewesen war, deine Mutter in all das hineinzuziehen, habe ich diesen Spruch hineingeschrieben:

*Der Tod wird jeden irgendwann einmal holen. Davor kann keiner
fliehen. Aber wenn wir uns Mühe geben, unser Leben zu leben, und
immer versuchen, das Beste daraus zu machen, geben wir dem Tod
irgendwann vielleicht freiwillig die Hand mit dem Wissen, keinen
Tag verschwendet zu haben. Du hast nur ein Leben! Also lebe jeden
Tag so, als wäre es dein letzter. Mach nicht die gleichen Fehler wie
ich!*

Ich glaube, Lorena hat nie herausgefunden, dass es mein Tagebuch war. Ich versteckte es bei deinen Großeltern im Haus. Deine
Mutter fand es und schrieb bis zu ihrem Tod hinein. Nachdem sie
gestorben war, war ich bei euch zu Hause und habe das Tagebuch
wiedergefunden. Ich habe es gelesen. Deine Mutter hat absolut alles
hineingeschrieben. Die komplette Wahrheit. Ich wusste, dass du
das Tagebuch früher oder später finden würdest. Also riss ich die
Seiten, die alles aufdeckten, heraus, damit du es nicht zu früh lesen
würdest. Du hättest es noch nicht verstanden. Ich habe mich schuldig gefühlt. Ich musste dich und die Geheimnisse deiner Mutter
schützen. Doch jetzt bist du alt genug und ich denke, du wirst es
verstehen. Lies es. Es ist die schonungslose Wahrheit über das Leben
deiner Mutter.“

Sie gab Mila die Tagebuchseiten und wir alle rückten ein Stück
näher zu ihr, um mitlesen zu können.

*In fünf Jahren kann einiges passieren. Ich vermisse ihn. Ich weiß
eigentlich gar nicht, was ich noch schreiben soll. Ich brauche Chris in
meinem Leben. Ich will keinen anderen Mann an meiner Seite. Er
ist und bleibt mein bester Freund, trotzdem wäre er mein absoluter
Traummann. Wenn ich mir vorstelle, wie er mit Mila umgehen, mit
ihr spielen würde, wie sehr er sie mit seinem großen Herzen lieben
würde, dann durchströmt mich unwillkürlich ein warmes Gefühl.
Ich glaube, die beiden würden sich prächtig verstehen.*
*Aber immer wenn ich an Chris und Mila denke, muss ich auto-
matisch (ab und zu, nicht immer!) auch an Larry denken. Ich vermisse ihn. Und dass so gut wie niemand von ihm weiß, obwohl er
ein so wichtiger Teil in meinem Leben war, bricht mir das Herz.
Larry, du wirst das hier niemals lesen, aber das ist trotzdem für dich:
Ich bin mir nicht sicher, ob ich damals die richtige Entscheidung ge-*

troffen habe, aber es ging nicht anders. Ich war zu jung. Ich möchte, dass du weißt, dass ich dich trotzdem über alles liebe und alles auf der Welt dafür geben würde, dich noch einmal zu sehen. Ich vermisse dich! Jede einzelne Sekunde meines Lebens, das musst du mir glauben.

Ich schloss kurz die Augen. Erinnerungen schossen mir durch den Kopf. Mein Herz schlug schneller. Ich atmete einmal tief durch, dann las ich weiter.

Je länger ich darüber nachdenke, desto schwerer wird mir das Herz. Das, was alle immer dachten, ist nun mal nicht die Wahrheit. Tobias ist nicht Milas Vater ...
Ich habe einen Fehler gemacht. Und das wusste ich auch. Doch der Fehler war nicht, es Tobias nicht zu sagen oder überhaupt mit einem anderen Mann zu schlafen. Nein, der größte Fehler in meinem Leben war, ihn überhaupt zu heiraten. Es war gut, so wie es gekommen ist. Länger hätte ich es eh nicht ausgehalten, ihn anzulügen und mit ihm jeden Tag aufs Neue meine Freizeit zu verbringen.
Als er herausfand, dass Mila nicht sein Kind ist, hat er sofort seine Koffer gepackt. Hat kein einziges Wort mehr mit mir geredet. Ich kann ihn nur zu gut verstehen. Wäre ich in seiner Situation gewesen, hätte ich genauso reagiert. Ich glaube ehrlich gesagt, ich war keine gute Ehefrau. Doch es war auch nie mein Ziel, eine gute Ehefrau zu sein. Nicht für ihn.
Als ich mir alle Tagebucheinträge durchgelesen habe, fand ich einen Satz. Eine Überlegung. Ja, vielleicht sogar eine Frage. Ein Satz, der bedingungslos stimmte, eine Frage, die ich damals definitiv falsch beantwortet habe. Am 13.11.1998 schrieb ich diesen Satz nieder: Vielleicht sollte ich auf Chris warten.
Damals dachte ich, es würde sich nicht lohnen. Doch es hätte sich gelohnt. Nicht auf ihn zu warten, war der größte Fehler, den ich jemals begangen habe.
Ich habe noch niemals die Wahrheit ausgesprochen. Irgendwie komisch, doch ich glaube, ich sollte das endlich mal tun.
Chris ist Milas Vater. Und weder er noch sie noch sonst irgendjemand in meinem Umfeld weiß davon.
Es ist passiert, als ich jene eine Nacht bei ihm war. Wir mochten uns

mehr als erwartet und sind uns somit auch näher gekommen, als es eigentlich geplant war. Deswegen war er auch so wütend, als er erfahren hat, dass ich nicht nur vergeben, sondern sogar fast verheiratet war. Es war mein Fehler damals.

Doch jetzt bin ich nicht mehr verheiratet und auch das weiß er nicht. Er ist die Liebe meines Lebens und mittlerweile weiß ich, dass er mich auch liebt. Die zweitwichtigste Person in meinem Leben (gleich nach Mila). Er hat es nicht verdient, angelogen zu werden. Er muss die Wahrheit erfahren. Es tut mir so leid, Chris, dass ich unehrlich zu dir war.

14.08.2006

Ich habe mich dazu entschlossen, zu Chris zu fahren. Ich muss ihm einfach die Wahrheit sagen. Er muss wissen, dass er eine wundervolle Tochter hat. Ich möchte nicht, dass er die Wahrheit wieder über andere herausfindet. Ich muss es ihm sagen. Ich und niemand anderes. Ein Brief wäre unpersönlich. Ein Telefonat ebenfalls. Was bleibt mir anderes übrig, als selbst zu ihm zu fahren?

Heute Morgen habe ich Mila bei meinen Eltern abgegeben. Jetzt sitze ich noch in meinem alten Arbeitszimmer im Haus meiner Eltern, denke nach und schreibe. Wie er wohl reagieren wird? Was ist, wenn er erst gar nicht da ist? Wie soll ich ihn überhaupt finden? All dies ist mir noch nicht ganz klar. Aber ich muss es wenigstens versuchen. Das bin ich ihm schuldig.

Mum und Dad habe ich nicht gesagt, wohin ich gehe und wie lange ich weg bin. Ich habe nur erklärt, dass ich eine der wichtigsten Aufgaben in meinem Leben hinter mich bringen muss. Und zwar die Wahrheit ans Licht zu holen. Und das stimmt voll und ganz.

Milas Augen wurden gläsern, bis schließlich Tränen herausquollen. Sehr viele Tränen. Es musste krass sein zu erfahren, dass man eigentlich einen anderen Vater hatte, als man immer angenommen hatte. Eine von Milas Tränen tropfte auf die letzte Tagebuchseite.

„Das war am Tag vor ihrem Tod", schluchzte sie.

Auch Yve lief eine Träne über die Wange. Sie zog Mila an sich. „Ich vermisse deine Mum so schrecklich." Jetzt schaute die ältere Dame mich an. „Benny, ich weiß, du willst eigentlich nicht darüber reden, aber du musst es Mila irgendwann sagen. Auch du verbirgst eine Wahrheit in dir. Meinst du nicht, dass sie es wissen sollte? Geht einen Moment raus und sprecht euch aus. Tu ihr den Gefallen, Benjamin."

Es war lange her, dass mich jemand mit meinem vollständigen Namen angesprochen hatte. Mila sah mich verwirrt an. Schweigend stand ich auf und nickte in Richtung Tür. Mila folgte mir nach draußen.

Wir waren am Meer und schauten beide auf den Horizont. Der Wind blies durch meine Haare. Die Sonne ging langsam unter und spiegelte sich im Wasser. Die letzten Möwen flogen am Himmel entlang. Wir schwiegen und genossen den stillen Augenblick. Ich dachte an Yves Worte. Ich musste es Mila sagen. Alles andere wäre nicht fair ihr gegenüber. Schließlich betraf es sie genauso wie mich. Mann, warum musste Yve dieses Thema ansprechen? Wir waren gerade auf einem guten Weg gewesen. Hatten uns super verstanden. Das jetzt würde uns erst einmal wieder auseinanderbringen.

Ich spürte Milas Blick auf mir ruhen. Ich wusste einfach nicht, wie ich anfangen sollte.

„Benny", sagte sie leise. Langsam drehte ich mich zu ihr um und schaute sie an. Ich war alles andere als glücklich, dass wir jetzt darüber reden mussten, aber ebenso heilfroh, dass sie das Wort ergriffen hatte. „Was sollst du mir sagen?", fragte sie weiter.

Ich verschränkte meine Finger im Nacken, schaute in den Himmel und überlegte, wie ich am besten anfing. „Mila", begann ich leise und zaghaft. Ich wusste, dass sie mir die Zeit geben würde, die ich brauchte, um mich zu sammeln. Ich erkannte mich selbst kaum. Normalerweise war ich eher die Sorte Mensch, die alles aussprach, was sie gerade dachte. Ohne wirklich darauf zu achten, ob es passend war oder eher nicht.

Erneut setzte ich an und versuche erst einmal, die Situation zu erklären. „Mila ... du hast einen Bruder. Einen Halbbruder, wenn man es genau nimmt. Yve hat erwähnt, dass bei der Party, zu der sie Lorena damals mitgenommen hat, einiges schiefgegangen ist. Deine Mutter hatte zu viel Alkohol intus, hat Scheiße gebaut und wurde mit 16 schwanger. Das Kind wurde sofort zur Adoption freigegeben, auch wenn es ihr das Herz brach. Doch mit 16 hatte sie weder Zeit noch Geld genug, um das Kind zu behalten. Deine

Großeltern waren lange Zeit wirklich sauer auf sie. Sie hätte es jedoch nicht behalten können."

„Warum erzählst du mir das alles?"

„Ich dachte, es könnte dich vielleicht interessieren, dass du außer deinen Großeltern noch einen Verwandten hast. Einen Bruder."

„Das ist nicht die ganze Wahrheit, oder?" Sie war nicht dumm, so viel stand fest.

Langsam schüttelte ich den Kopf.

„Benny, was ist los? Ich werde die Wahrheit schon verkraften."

Da war ich mir sicher. Nur wusste ich nicht, ob ich diese Worte über die Lippen bekäme. Auffordernd sah sie mich an.

„Mila, ich bin dein Bruder", brachte ich schließlich hervor.

Mila

Juni 2016

Ich schaute ihn vollkommen perplex an. Das konnte nicht sein. Benny konnte nicht mein Bruder sein. Wir waren doch so verschieden. Egal, ob Bruder oder Halbbruder, ich konnte es nicht fassen, dass wir überhaupt verwandt sein sollten.

„Wie kann das sein? Wieso hast du mir das nie gesagt? Die ganze Zeit über nicht ..."

„Ich hatte Angst."

„Wovor denn?"

„Vor deiner Reaktion. Dass du mir dann aus dem Weg gehst, dass du sauer wirst, weil ich es dir erst so spät offenbart habe. Ich hatte Angst, dass ich dir damit das Herz breche, ich weiß, wie sehr du mich magst. Und die größte Angst hatte ich davor, dass ich dich verliere, weil du mir so ans Herz gewachsen bist."

Ich konnte es nicht fassen. Er hatte es die ganze Zeit gewusst. Und er hatte mir nie ein Wort gesagt.

„Wie kann das sein?", flüsterte ich und meine Stimme ging im Wind fast unter.

„Ich bin Larry. Von dem deine Mutter in dem Tagebuch spricht. Mein vollständiger Name ist Benjamin Lorenz Schulz. Geborener Doncaster. Sie mochte meinen Zweitnamen mehr. Larry ist eine Abkürzung für Lorenz. Vermutlich wollte sie nicht, dass man erkannte, um wen es sich handelte, sollte das Tagebuch von jemand anderem gefunden werden. Fast niemand kennt meinen Zweitnamen. Der Name Benjamin hingegen ist innerhalb deiner Familie bekannt."

Plötzlich verstand ich. Einfach alles. Die Zeilen im Tagebuch, in denen meine Mutter Larry erwähnte. Wie es ihr ergangen sein musste, als sie ihren Sohn weggegeben hatte.

Vermutlich würde ich ihm das Herz brechen, wenn ich jetzt ging, doch ich musste erst einmal alleine sein und meine Gedanken sortieren. Ich stolperte ein paar Schritte nach hinten, weg von ihm. Dann drehte ich mich um und rannte. Ich hörte noch, wie er mir nachrief, doch ich rannte immer weiter. Den Strand entlang. Einen Schritt nach dem anderen. Bis ich nicht mehr konnte und mich erschöpft in den Sand fallen ließ. Ich spürte meinen Herzschlag überall.

Meine Augen füllten sich mit Tränen. Ich sah das Meer, den Sonnenuntergang und die Möwen nur noch verschwommen. Ich hatte, abgesehen von meinen Großeltern, niemanden mehr. Und er hatte es nicht für nötig befunden, mir zu sagen, dass er mein Bruder war. Unzählige Male hatte ich mich gefragt, wer Larry sein könnte. Und nie hatte er etwas dazu gesagt.

Wahrscheinlich wusste er vom ersten Moment an, als er mich in der Schule Klavier spielen hörte, wer ich war. Ich fühlte mich, als wäre ich mein Leben lang angelogen worden. Ich wusste nichts Genaues über den Tod meiner Mutter. Ich hatte keine Ahnung gehabt, dass mein Vater nicht Tobias hieß, sondern Christoph. Und jetzt erfuhr ich auch noch, dass ich einen Halbbruder hatte.

Mein Zeitgefühl funktionierte in diesem Moment nicht und so hatte ich keinen blassen Schimmer, wie lange ich hier schon saß. Doch allmählich war die ganze Wahrheit, die ich kurz zuvor erfahren hatte, in mich eingedrungen. Mit 16 hatte meine Mum einen Sohn bekommen. Natürlich konnte sie ihn zu diesem Zeitpunkt nicht behalten. Er wurde von einer Familie adoptiert. Sie hatte ihn also nie wiedergesehen. Mein Vater war nicht Tobias, der uns sitzen gelassen hatte, sondern Christoph, Mums bester Freund. Kurz vor ihrem Tod wollte sie ihm sagen, dass er eine Tochter hätte. Doch dann geschah der Unfall. Und sie hatte keine Chance mehr, es ihm zu sagen. Keiner hatte von ihrem Vorhaben gewusst. Nicht einmal meine Großeltern. Es war ihr größter und letzter Wunsch gewesen, dass Christoph die Wahrheit erfuhr.

Ich beschloss, diesen Wunsch zu meinem eigenen zu machen. Das war alles, was ich noch für sie tun konnte. Ich würde ihn finden. Meinen Vater.

TEIL 2

MiLa

Juni 2016

Ich saß auf meinem Bett, als es klopfte. Yve hatte uns ihre Gästezimmer angeboten, damit wir ein paar Nächte bleiben konnten, bevor wir weiterreisten und wieder gezwungen waren, in Zelten zu schlafen. Obwohl ich eigentlich nach wie vor allein sein wollte, rief ich: „Herein", da ich nicht vor der Realität fliehen konnte.

Yve trat in das kleine Zimmer. „Ich dachte, wir können uns vielleicht kurz unterhalten", sagte sie lächelnd.

Ich versuchte, mich zu einem Lächeln zu zwingen, und nickte. Yve schloss die Tür hinter sich und setzte sich neben mich auf die Bettkante. Eigentlich stand in meinem Zimmer nichts als ein großes Bett, das ich mir mit Diana teilte, und ein kleiner Nachttisch. Alles war in den Farben Türkis und Weiß gehalten. Wir saßen so, dass wir einen direkten Blick zum Fenster hatten. Der Abend war angebrochen und einige Sterne spiegelten sich im Meer. Ich hätte hier Ewigkeiten sitzen können, um einfach nur dem Rauschen des Meeres zuzuhören.

Auch Yve genoss den Ausblick. Schließlich richtete sie sich auf und begann zu erklären, warum sie hier war. „Ich habe dir etwas mitgebracht." Sie hielt ein paar Zettel in der Hand. „Doch bevor ich sie dir zeige, möchte ich dir etwas erklären. Deine Oma und ich hatten noch nie eine wirklich gute Beziehung zueinander. Wir waren immer darauf aus, besser als die andere zu sein. Als Lorena geboren wurde, habe ich mich total gefreut, da ich selbst kein Kind hatte und bis heute nicht habe. Ein kleines, unschuldiges Wesen war in unsere Familie gekommen. Ich habe Lorena und deine Oma oft besucht. Ich wollte Lorena glücklich machen, weißt du. Und das hat auch wirklich lange funktioniert. Eines Tages hat sich Lorena gewünscht, auf eine Party zu gehen. Deine Oma hätte ihr das niemals erlaubt, also fragte sie mich. Ich dachte, sie würde mich nur noch mehr mögen, wenn ich sie auf eine Party schmuggelte, also willigte ich ein. Ich machte sie damit zum glücklichsten Menschen. Zumindest im ersten Moment. Ich hatte sie nicht die ganze Zeit im Blick, sie hat zu viel getrunken und den Rest kennst du ja schon. Ich war diejenige, die sie auf diese Party gebracht hatte. Ich hoffe, du verstehst, wieso ich mich für Benny verantwortlich gefühlt habe. Es war meine Schuld, dass es ihn überhaupt gab. Mittlerweile bin ich wirklich froh, dass es ihn gibt. Er ist ein prächtiger Junge geworden. Das alles sind die Gründe, wieso ich lange Zeit Kontakt zu Benny hielt. Seine Adoptivfamilie wusste Bescheid, wer ich war. Bis zu seinem 18. Geburtstag glaubte er, ich wäre seine Oma, also die Mutter seiner Pflegemutter. Erst danach klärten wir ihn auf. Ich gestand ihm, wer ich und wer seine leibliche Mutter war. Ich verschaffte ihm ein Bild von Lorena. Und er kannte das Lieblingslied deiner Mutter durch mich.“

Rückblick
Mai 1990

„Schau mal, Tante Yve. Ich habe heute ein schönes Lied auf dem Klavier erfunden. Ich glaube, es wird mein neues Lieblingslied.“

Die zarten Finger der Zehnjährigen glitten über die weißen und schwarzen Tasten. Eine langsame, wunderschöne Melodie schwebte durch das Haus. Ihre kleinen Füße reichten gerade so zu den Pedalen des Klaviers hinunter. Ihre hellbraunen, glatten Haare hingen ihr über die Schultern. Tante Yve stand hinter ihr und lauschte. Tränen bildeten sich in ihren Augen. Es machte sie stolz, so eine talentierte Nichte zu haben.

Sie wischte sich die Tränen aus den Augen. „Das hast du ganz toll gespielt. Das Lied ist wunderschön.“

Juni 2016

„Das Lied ist heute wie früher wunderschön. Benny hat es erkannt, als du es in der Schule auf dem Klavier gespielt hast. Er war verwirrt und hat mich angerufen. Du siehst deiner Mutter so ähnlich, Mila. Und du hast ihr Lied gespielt. Erst da habe ich ihm gesagt, dass er eine Halbschwester hat. Aber ich wollte nicht, dass du es zu früh erfährst. Erst solltest du die Wahrheit über deinen Vater herausfinden. Es ist also nicht Bennys Schuld, dass du es so spät erfahren hast. Sondern meine. Du solltest nicht sauer auf ihn sein. Geh später zu ihm und rede mit ihm. Ich denke, ihr braucht euch als Geschwister. Ihr solltet füreinander da sein."

Ich hörte Yve aufmerksam zu. Ich war nicht wirklich sauer auf Benny, sondern nur im ersten Moment überfordert mit der Situation gewesen. Es waren zu viele Sachen, die ich gleichzeitig erfahren hatte. Ich beschloss, nachher zu Benny zu gehen.

Yve redete weiter: „Doch das war nicht alles, was ich dir sagen wollte. Es gab eine Zeit, da hatte ich relativ viel Kontakt zu Christoph, deinem Vater."

Ich riss meine Augen auf. „Was?"

„Ja. Ich mochte ihn immer sehr. Er schrieb mir von der Armee aus. Ich habe seine Briefe alle aufgehoben. Ich wusste, dass ich sie irgendwann noch brauchen würde." Sie reichte mir einen Stapel Briefe. Das Briefpapier war nicht mehr das neueste und ziemlich geknickt, aber man konnte die Schrift gut lesen.

Hey Yve,
ich weiß immer noch nicht, ob es gut ist, wenn ich Lorena gar nicht mehr schreibe, aber das würde meine Sehnsucht nach ihr nur vergrößern.
Als wir uns das letzte Mal gesehen haben beim Abschied am Bahnhof, musste ich fast weinen, als ich sie zurückließ. Ich weiß nicht so recht, wie ich es ohne sie aushalten soll. Meine beste Freundin fehlt mir so unbeschreiblich. Was soll ich nur machen?
Hilf mir.

Sei lieb gegrüßt von
Christoph

Es war schon süß, was mein Vater da schrieb. Mein Vater. Ich wollte ihn so gerne kennenlernen. Ich strich mit meinen Fingern über seine Schrift. Dann nahm ich die nächste Seite in die Hand.

Hey Yve,
heute kam ein Brief von ihr. Ich pack das nicht mehr ohne sie. Was soll ich bloß machen? Ihr antworten? Ihr sagen, dass ich sie liebe? Nein, das wäre ein Fehler. Schließlich ist sie bald verheiratet.
Falls du sie mal wiedersehen solltest, drück sie doch bitte von mir.

Gruß Christoph

„Er hat sie geliebt. Was für eine süße Liebesgeschichte", seufzte ich.

„Na ja, wohl eher eine traurige, tragische Liebesgeschichte."

„Yve ... ich möchte ihn kennenlernen. Ich möchte zu ihm und ihm sagen, dass ich seine Tochter bin. Als ich die fehlenden Tagebuchseiten gelesen habe, habe ich mir geschworen, dass ich Mums letzten Wunsch zu meinem machen werde. Ich werde ihn finden und ihm die Wahrheit sagen."

Yve nickte zustimmend. „Und ich werde dir dabei helfen."

Meine Mundwinkel zuckten nach oben. Und dieses Mal war das Lächeln nicht gezwungen. Es war echt. „Wie war Christoph so?"

„Er war der netteste, hübscheste und mutigste Mann, den ich jemals kennengelernt habe. Ich vermisse ihn. Ich konnte mich immer gut mit ihm unterhalten. Du kannst stolz darauf sein, dass du seine Tochter bist."

Es machte mich glücklich, so etwas von Yve zu hören. „Hast du ein Bild von ihm?"

„Bestimmt. Ich suche nachher mal." Wir schauten wieder schweigend aus dem Fenster. Der Mond stand hell über dem Meer.

„Ich vermisse sie, Yve. Warum wurde ausgerechnet mir meine Mum weggenommen?" Ich ließ den Kopf hängen. Es machte mich oft unendlich traurig, wenn ich an meine Mum dachte.

„Weißt du, Mila, der Tod gehört genauso zum Leben wie die Nacht zum Tag. Das ist so und das können wir nicht ändern. Der Tod holt manche früher und manche später."

„Ich habe Angst vor dem Tod."

„Es ist nicht der Tod, vor dem du Angst haben solltest, sondern die verpasste Möglichkeit, jemals richtig gelebt zu haben."

„Du hast recht. Weißt du, ich würde meine Mum so gerne noch einmal sehen. Ein einziges Mal."

„Wenn du Lorena noch einmal sehen willst, dann musst du nur in den Spiegel schauen. Du siehst ihr verdammt ähnlich. Weißt du, was Benny zu mir gesagt hat, nachdem er dich zum ersten Mal in der Schule gesehen hat?"

Ich schüttelte den Kopf.

„Er sagte: Yve, ich habe sie gesehen. Meine Mutter. Sie sah aus wie auf dem Bild, welches du mir gegeben hast. Sie hat das gleiche Gesicht, die gleiche Haarfarbe und die gleichen Augen, die einen in ihren Bann ziehen, wenn man länger als zwei Sekunden hineinblickt. Es war, als stände eine jüngere Version meiner Mutter vor mir."

Ich hätte niemals gedacht, dass Benny so etwas sagen würde. „Und wie siehst du das? Ich meine, du kanntest sie persönlich. Nicht wie Benny nur von einem Bild."

„Ich sehe das absolut genauso. Du bist ihr wie aus dem Gesicht geschnitten. Du bist ein Teil von ihr und Christoph. Und darauf solltest du stolz sein."

Ich schaute nach draußen, weil ich jemanden gesehen hatte. Es war Jacob, der am Strand entlangging und sich jetzt in den Sand setzte. Er blickte nachdenklich auf das Meer hinaus.

„Ich bin noch nicht schlau geworden aus ihm. Er macht auf cool und dann gibt es Momente wie diesen, wo er völlig in sich versunken nachdenkt. Aber wenn ich ihn frage, worüber er grübelt, kommt keine Antwort oder er versucht, irgendetwas Cooles zu sagen. Was ihm natürlich nicht gelingt."

Jacob verharrte noch immer in der gleichen Position.

Yve dachte über meine Worte nach. Schließlich sagte sie: „Ich glaube, manchmal ist es leichter zu sagen, dass es einem gut geht, als zu erklären, warum man verzweifelt ist. Er verbirgt irgendetwas tief in seinem Inneren. Etwas, das er niemandem erzählen möchte. Sein Instinkt sagt ihm, dass er cool sein muss."

„Aber warum denn?"

Yve hob ahnungslos die Hände. „Das musst du ihn selbst fragen, wenn du es rausfinden willst. Geh zu ihm. Vielleicht redet er mit dir. Ich denke, jetzt wäre ein guter Zeitpunkt, um solche Gespräche zu führen. Aber vergiss Benny nicht! Du musst mit beiden Jungs reden."

Yve richtete sich auf und verließ den Raum. Nur einige Sekunden später sah ich, wie sie draußen am Strand auf Jacob zuging. Der Mond schien so hell, dass ich beide deutlich erkennen konnte. Jacob war so in Gedanken versunken, dass er Yve erst bemerkte, als sie direkt neben ihm stand. Er sah zu ihr hoch. Seinen Gesichtsausdruck konnte ich nicht erkennen. Yve ließ sich neben ihn in den Sand sinken. Die beiden unterhielten sich eine Weile. Ab und zu verschränkte Jacob die Hände im Nacken und sah in den Himmel. Ich hatte keine Ahnung, worüber sich die beiden wohl unterhielten. Erst als Yve aufstand und wieder ins Haus ging, verließ ich das Zimmer. Ich begegnete meiner Großtante im Flur.

„Geh zu ihm. Er braucht dich jetzt", raunte sie mir zu.

Jacob

Juni 2016

Ich ging am Strand entlang. Tiefe Fußspuren blieben im nassen Sand zurück. Ich setzte mich auf eine Sanddüne und zog die Beine bis zur Brust hoch. Ich starrte meine hochgekrempelte Hose und meine neuen Adidas-Schuhe an, dann schweifte mein Blick über die Landschaft vor mir. Erst jetzt fiel mir auf, wie wunderschön es hier war. Der Mond spiegelte sich im Meer. Sogar ein paar Sterne waren zu sehen. Absolut nichts außer dem Rauschen des Meeres war zu hören. Ich hatte ja keine Ahnung gehabt, dass eine Landschaft so schön sein konnte.

Manchmal verstand ich mich selbst nicht. Wieso waren mir Partys und Alkohol wichtiger als beispielsweise Momente wie dieser? Ich sollte aufhören, mir mein Leben kaputt zu machen. In letzter Zeit spürte ich richtig, wie ich mich veränderte. Ich wollte nicht mehr so sein. Dieses ständige Auf-cool-Tun. Es gab Wichtigeres im Leben. Definitiv.

Das eigene Verhalten einfach so von heute auf morgen zu ändern, war schwierig. Doch ich wollte es unbedingt. Besonders in Bezug auf Mila. Ich würde sie verlieren, wenn ich so weitermachte wie bisher. Alle dachten, ich wäre ein Krimineller, da Mila und Diana gesehen hatten, wie ich aus dem Polizeiauto stieg. Vielleicht sollten sie die Wahrheit erfahren.

Es stimmte nicht, dass ich ein Krimineller war, ich hatte der Polizei eher geholfen, Personen festzunehmen, die schon lange gesucht wurden. Alle hatten einen falschen Eindruck von mir. Was auch kein Wunder war, immerhin lebten wir in einer Welt, in der sich jeder seine Meinung durch Gerüchte selbst zusammenbastelte und niemand Wert auf die Wahrheit legte.

Ich zuckte zusammen, als ich Schritte näher kommen hörte, jedoch drehte ich mich nicht um. Erst als die Person neben mir zum Stehen kam, blickte ich hoch. Es war Yve, die sich nun neben mich setzte und ewig lang auf das Meer schaute. Man hätte meinen können, sie genösse diesen Anblick zum ersten Mal.

„Weißt du, Jacob, ich sitze wirklich oft genau hier und schaue aufs Meer hinaus, so wie du. Und wirklich jedes Mal sieht es ein bisschen anders aus."

Ich schaute sie von der Seite an, sagte allerdings nichts. Ich war mir sicher, dass sie mit mir reden wollte. Doch worüber, konnte ich mir nicht vorstellen.

„Jacob, ich wollte kurz mit dir reden."

Ach, da wäre ich von selbst nicht draufgekommen. Wobei ich eigentlich gerade lieber alleine in meiner Gefühlswelt gewesen wäre, als irgendwelche tiefgründigen Gespräche mit Yve zu führen. Alleine in meiner Gefühlswelt. Was war denn jetzt mit mir los? Peinlich, peinlich.

„Jacob, ich glaube, du verbirgst irgendetwas in dir. Auch wenn es sich jetzt komisch anhört, aber irgendetwas ist mit dir. Und auch wenn du ein Mann bist, kann es hilfreich sein, darüber zu reden. Du frisst alles in dich hinein, was belastend ist. Du bist nicht glücklich, kann das sein?"

Ich zuckte nur kurz mit den Schultern und starrte dann wieder auf das Meer. War sie fertig mit ihrer Predigt?

Sie musterte mich lange von der Seite. Irgendwann antwortete ich ihr doch. „Warum sollte ich mit dir über was auch immer reden? Wir kennen uns eigentlich gar nicht."

„Berechtigte Frage. Aber falls du es nicht bemerkt hast, ich versuche nur, dir zu helfen. Du kannst die Hilfe annehmen oder es sein lassen, dann gehe ich zurück ins Haus. Deine Entscheidung."

Ich verschränkte die Hände im Nacken und dachte nach, wie ich am besten ein Gespräch anfangen könnte. Obwohl ich keine Ahnung hatte, wieso ich überhaupt mit Yve über irgendetwas reden sollte, tat ich es, die Wörter purzelten nur so aus meinem Mund. Und zu meiner größten Überraschung tat es tatsächlich gut. So wie Yve gesagt hatte.

„Weißt du, Yve, das alles ist nicht so einfach, wie du vielleicht denkst ..."

„Das Leben ist nie einfach."

Musste sie mir jetzt auch noch dazwischenquatschen? Es war für mich schon schwer genug, in so einem Moment Wörter zustande zu bringen. Sie hob entschuldigend die Hände und machte mir klar, dass sie mich von jetzt an ausreden lassen würde.

Ich sortierte kurz meine Gedanken, dann fing ich von vorne an. „Mein Leben war nicht immer einfach. Manchmal mache ich es mir auch selbst kompliziert, weiß der Kuckuck wieso. Aber die meisten Leute denken einfach falsch von mir. Sie haben Vorurteile und durch Gerüchte stehe ich immer als der Böse da, egal, was ich mache. Ich baue viel Scheiße. Einfach um cool zu wirken. Du weißt, dass meine Eltern sehr viel Geld haben. Früher wollten viele nur mit mir befreundet sein, um an das Geld zu kommen. Meinten, ich könnte ihnen ja mal was leihen. Das Geld habe ich bis heute nie wiedergesehen. Danach beschloss ich, niemandem mehr zu trauen, und geriet irgendwie an die Leute, denen ich ständig beweisen muss, wer ich bin und was ich draufhabe. Ich begann, zu rauchen und zu klauen. Ich ging auf Partys und trank teilweise viel zu viel. Einfach weil ich dazugehören wollte. Es ist nicht einfach für jemanden, der strenge Eltern hat, die auch noch viel Geld besitzen. Nur kann Holly, glaube ich, besser damit umgehen.“

Ich schaute Yve an. Sie lauschte aufmerksam, während sie ihren Blick aufs Meer gerichtet hatte. Sie dachte darüber nach, was ich alles gesagt hatte. Doch bevor sie etwas erwidern konnte, redete ich weiter. Wenn ich schon mal dabei war, mich auszuheulen, dann richtig.

„Wie du mit Sicherheit schon gehört hast, nennen mich die anderen der Kriminelle. Das belastet einen schon. Da sind wir wieder beim Thema mit den Gerüchten. Sie wissen nur die halbe Wahrheit und verurteilen mich, auch wenn sie es nur als Spaß meinen. Ja, ich bin von der Polizei nach Hause gebracht worden. Ja, ich bin aus einem Polizeiwagen gestiegen. Ja, ich habe Scheiße gebaut. Ja, es war nicht richtig, was ich getan habe. Aber das ist eben nur die halbe Wahrheit. Ich habe Scheiße gebaut und es war nicht richtig, aber außerdem habe ich der Polizei geholfen, zwei wirkliche Kriminelle festzunehmen.“

Jetzt starrte Yve mich an. Ich verdrehte die Augen.

„Siehst du, genau das meine ich. Damit hättest du jetzt niemals gerechnet, weil du ein vollkommen falsches Bild von mir hast. Wie jeder andere auch ...“ Meine Stimme wurde leiser und ich ließ den Kopf hängen.

„Okay, Jacob. Ich habe, glaube ich, dein Problem verstanden. Hör auf, den Kopf hängen zu lassen. Du sagtest, ich zitiere dich: ... denen ich ständig beweisen muss, wer ich bin. Genau das solltest du machen. Du musst beweisen, wer du bist. Hör auf, dich von Gerüchten runterziehen zu lassen. Zeig der Welt, dass du jemand Besonderes bist. Dass du kein schlechter Mensch bist. Zeig es den Leuten. Tu mir den Gefallen – und dir auch.“

„Du weißt nicht, wie schwer es ist, man selbst zu sein, wenn jeder nur Interesse an dir zeigt, weil deine Eltern reich sind.“

„Nein, das weiß ich nicht. Aber ich glaube, du kannst dich glücklich schätzen, dass deine Eltern eher zu viel Geld haben als zu wenig. Nicht jeder hat das Privileg. Deine Eltern lieben dich, auch wenn du der Meinung bist, es wäre manchmal einfacher, etwas weniger Geld zu haben. Du solltest das schätzen, was du hast. Dann wirst du schneller glücklich, als wenn du darauf wartest, dass sich etwas ändert.“

Ich dachte über ihre Worte nach und irgendwie hatte sie recht. Wie sie es schaffte, zu allem einen klugen Kommentar abzugeben, war mir nicht klar.

Sie stand auf und sagte noch etwas, das mich zum Grübeln brachte. „Du musst nur an Mila denken, sie hat weder viel Geld noch Eltern und macht trotzdem einen glücklicheren Eindruck als du.“ Dann verschwand sie. Ich hörte, wie sie die Tür öffnete und ins Haus ging.

Nur wenige Sekunden später öffnete sich die Tür erneut und andere Schritte waren vernehmbar. Sie wurden deutlicher und ich wusste, wer auch immer gerade kam, er steuerte genau auf mich zu. Als ich Mila erblickte, war ich etwas überrascht. Schnell blickte ich wieder aufs Meer hinaus, um sie nicht länger anzustarren. Sie setzte sich neben mich und zog ebenfalls die Knie an die Brust. Wir schauten beide auf das Wasser. Obwohl es dunkel war, war es atemberaubend schön hier. Man konnte die Grenze zwischen Meer und Himmel noch immer erkennen. Ein paar Lichtpunkte waren am Horizont zu sehen. Vermutlich stammten sie von Schiffen.

Mila schaute mich nicht an. Sie flüsterte nur: „Es ist wunderschön hier.“

Ich bejahte ihren Kommentar. Mehr sagten wir nicht. Wir schwiegen und ließen nur die Wellen des Meeres sprechen. Solche Momente waren tausendmal mehr wert als eine Partynacht. Nur leider begriff ich das erst jetzt.

Mila ließ sich nach hinten in den Sand fallen und schaute nach oben zu den Sternen. Ich tat es ihr gleich. Ich wusste nicht, woran sie dachte, doch sie nahm meine Hand und drückte sie kurz. Dann ließ sie sie wieder los und betrachtete weiterhin den Himmel. Ich wusste nicht, wieso sie das gemacht hatte, aber ich musste lächeln und es gab mir ein gutes Gefühl. Ihre Nähe tat mir unbeschreiblich gut.

Benny

Juni 2016

Das Klopfen an der Tür riss mich aus dem Schlaf. Schnell setzte ich mich auf und rieb mir müde die Augen. Mila streckte ihren Kopf durch die Tür. Überrascht setzte ich mich kerzengerade hin.

„Tut mir leid, falls ich dich aus dem Schlaf gerissen habe, aber ich wollte kurz mit dir reden."

„Schon okay. Was gibt's?"

Sie antwortete nicht, sondern trat in mein Zimmer, schloss die Tür hinter sich, setzte sich im Schneidersitz neben mich auf das Bett und sah mich an. „Ich wollte mich entschuldigen. Es war unhöflich von mir, einfach abzuhauen. Das tut mir wirklich leid, nur war ich einfach überfordert von der Situation, weißt du?"

„Ja, schon okay. Ich kann dich ja verstehen. Du hast zuvor viel erfahren, was dich wahrscheinlich geschockt hat."

Sie nickte nur und sah dann gedankenverloren aus dem Fenster. „Ich bin froh, dass du mein Bruder bist. Auch wenn wir nur Halbgeschwister sind, es gibt mir das Gefühl, ein Teil meiner Familie ist bei mir. Und ein Teil meiner Mum ist bei mir. Das macht mich am glücklichsten." Sie schaute mich mit einem schwachen Lächeln an.

Ich hatte keine Ahnung, was ich sagen sollte, und so schwiegen wir eine Weile, bis Mila aufsprang und zum Fenster eilte. Ich zuckte zusammen, da sie mich ziemlich erschreckt hatte mit dieser plötzlichen, hektischen Bewegung.

„Das gibt es nicht. So ein Trottel", sagte sie leise.

„Darf man fragen, welche Laus dir über die Leber gelaufen ist? Was ist denn los?"

Sie drehte sich zu mir um. „Ich werde Jungs niemals verstehen. Jacob macht mich fertig. Ich war eben noch draußen bei ihm. Ich weiß nicht, aber die Nähe zu ihm tat gut. Und jetzt steht er da, raucht und fühlt sich wahrscheinlich ziemlich cool. Ist das zu fassen? Ich dachte wirklich, er würde sich langsam verändern und ein bisschen bessern." Sie ließ den Kopf hängen.

Es hatte sie wirklich sehr getroffen, dass Jacob jetzt mit einer Zigarette dort draußen stand. Wobei ich überzeugt war, dass er sich wirklich bemühte, sich zu ändern. Man konnte eben nicht von jetzt auf gleich mit dem Rauchen aufhören. Ich hatte keine Ahnung, wieso ich den Kriminellen verteidigte, aber ich empfand es als richtig. Vielleicht tat ich es auch, um Mila zu helfen und ein wenig aufzuheitern. Immerhin war sie meine Schwester.

„Weißt du, Mila. Du musst auch die guten Seiten an einem Menschen berücksichtigen, nicht nur die schlechten."

„Aber das fällt mir verdammt schwer, wenn immer nur neue schlechte Seiten ans Licht treten."

„Es gibt aber doch so viel mehr gute Seiten an ihm als schlechte", widersprach ich.

Sie verdrehte die Augen und sagte nichts. Ich dachte nach, wie ich ihr am besten klarmachen konnte, was ich ausdrücken wollte. Worte waren noch nie meine größte Stärke gewesen. Ich kam auf eine Idee und holte ein weißes Blatt Papier und einen schwarzen Stift. Das Blatt legte ich vor sie.

„Schau es dir an. Und beschreibe es mir."

„Es ist ein weißes Blatt Papier. Komm schon, Benny, wie soll mir das jetzt weiterhelfen?", erwiderte Mila trotzig.

Ich nahm den Stift und malte in die Mitte des Blattes einen kleinen schwarzen Punkt. „Beschreibe es mir erneut."

„Da ist ein schwarzer Punkt auf dem Blatt. Und?"

„Worauf achtest du jetzt, wenn du das Blatt anschaust?"

„Auf den schwarzen Punkt natürlich."

Ich konnte an ihrer Stimme hören, dass sie keine Lust mehr hatte, mit mir darüber zu diskutieren, aber ich gab nicht auf. „Da haben wir es. Stell dir vor, das ganze Blatt ist ein Mensch. Alles, was weiß ist, sind seine guten Taten. Und nur der kleine schwarze Punkt symbolisiert seine Fehler und seine schlechten Taten. Sobald der Punkt da ist, beachtest du nur noch ihn und siehst die ganzen guten Taten nicht mehr. Niemand ist ein komplett weißes Blatt. Jeder hat einen schwarzen Punkt. Bei manchen ist er größer, bei manchen kleiner. Doch ich bin der festen Überzeugung, dass bei fast jedem Menschen der weiße Anteil überwiegt. Beachte nicht nur den schwarzen Punkt. Das Blatt besteht aus viel mehr. Denk bitte darüber nach, denn genauso ist es auch bei Jacob." Jetzt war sie still. Offenbar hatte sie erkannt, was ich ihr sagen wollte.

„Ich glaube, er gibt sich wirklich Mühe, sich zu verändern. Aber man kann nicht von heute auf morgen mit dem Rauchen aufhören. Ich bin mir aber sicher, dass er aufhören wird, wenn du es ihm mal sagst", fügte Benny hinzu.

„Du hast recht. Danke, großer Bruder."

Sie hatte keine Ahnung, wie glücklich sie mich mit den zwei Worten „großer Bruder" machte. Sie hatte es bisher nicht leicht im Leben gehabt und ich war froh, dass wir uns jetzt gefunden hatten. Geschwister sollten zusammenhalten. In guten wie in schlechten Zeiten. Wir umarmten uns lange, bevor sie aus dem Zimmer ging.

Juni 2016

Als mein Wecker mich aus dem Schlaf riss, war ich kurz verwirrt. Wo war ich? Dann fiel es mir wieder ein. Wir waren bei Yve. Wir hatten es doch tatsächlich geschafft, sie zu finden. Ich hatte die Nacht im Wohnzimmer auf der Couch verbracht, da Yve nicht genug Gästezimmer für uns alle hatte. Auch Jacob hatte auf der Couch geschlafen. Wahrscheinlich war er gerade im Bad, denn ich konnte ihn nirgendwo sehen.

Yve trat ins Zimmer. „Guten Morgen, Holly! Gut geschlafen?"

Ich nickte vollkommen verpennt. Wie konnte man am Morgen nur so viel Motivation ausstrahlen? Ich war froh, wenn ich morgens einen halbwegs geraden Satz zustande brachte.

„Schön. Würdest du vielleicht kurz zu Benny nach oben gehen und ihm verkünden, dass es gleich essen gibt? Mila und Diana habe ich schon Bescheid gesagt und Jacob ist draußen."

Das war ja eigentlich klar gewesen. In letzter Zeit rauchte Jacob jeden Morgen eine Zigarette, auch wenn ich ihm schon oft gesagt hatte, er solle das doch bitte lassen. Langsam quälte ich mich aus dem Bett, um zu Benny zu gehen. So viel Bewegung am Morgen war doch nicht gesund!

Ich klopfte dreimal, bevor er mir antwortete und ich die Tür öffnete. „Oh, Holly. Komm doch rein." Er war ein wenig überrascht, mich zu sehen. Er saß auf seinem Bett und fragte: „Was gibt's, Kleine?"

So hatte er mich noch nie genannt. Das brachte mich leicht aus dem Konzept, doch ich fasste mich sofort wieder. „Also eigentlich …"

„Oh Gott, wo ist deine schöne Prinzessinnenstimme hin? Du hörst dich ja an, als wärst du Darth Vader."

Ich setzte meinen typischen Ach-halt-doch-die-Klappe-Blick auf und schon schwieg er. „Also, eigentlich soll ich dich nur zum Essen holen, aber wo ich gerade hier bin, muss ich dich noch was fragen.“ Ich schaute ihn mit großen Augen an, doch er sagte nichts, sondern wartete nur darauf, dass ich weiterredete. „Genau genommen habe ich zwei Fragen. Die erste bezieht sich auf Jacob. Weißt du, ich verstehe ihn irgendwie nicht. Er hat eigentlich ein gutes Herz, warum benimmt er sich dann meistens so anders? Als würde er alle in seiner Umgebung verletzen wollen. Früher war er anders. Aber er hat sich verändert. Es hat sich schon wieder ein wenig gebessert. Ich denke, das liegt an Mila, weil er einen guten Eindruck machen will. Er mag sie wohl. Ich will trotzdem meinen alten großen Bruder zurückhaben. Warum ist er denn so anders geworden? So scheiße geworden?“

„Das kann ich dir nicht sagen, weil weder du noch ich ihn wirklich kennen.“

„Aber ich kenne ihn doch schon mein ganzes Leben lang!“

„Du kennst nur das, was er dir erzählt. Und ich glaube, du solltest über sein Leben nicht urteilen. Du hast es nie gelebt. Und du wirst es auch niemals leben. Du kannst nicht wissen, was in ihm vorgeht. Und warum er dies oder das getan hat. Aber glaub mir, Holly, er tut sein Bestes. Und für dich wird sich so oder so niemals etwas ändern. Er ist und bleibt dein großer Bruder, dein Beschützer, der immer für dich da sein wird.“

Diese Antwort gab mir Hoffnung, dass alles wieder gut werden würde. Doch bevor ich zu meiner zweiten Frage kam, ging die Zimmertür auf und Yve trat ein.

„Wo bleibt ihr denn? Ist was passiert?“

„Oh ... nein, tut mir leid, Yve. Wir haben uns unterhalten.“

„Wir kommen sofort. Holly wollte mich nur noch kurz etwas fragen“, meinte Benny und wandte sich wieder mir zu, nachdem Yve sich damit zufriedengegeben und das Zimmer verlassen hatte. „So, die zweite Frage. Hau raus.“

„Meinst du, ich kann es mit dem Tanzen schaffen? Meine Eltern sind streng und grundsätzlich gegen Hip-Hop, weil ihnen die Tanzrichtung nicht elegant genug ist. Bei ihnen zählt nur Standard oder Ballett. Ich weiß nicht, ob ich mich gegen ihren Willen einfach bei einer Tanzschule anmelden kann. Ich bin doch erst elf.“

„Pass auf, du bist gut genug, um es an so eine Schule zu schaffen. Davon bin ich fest überzeugt. Aber du brauchst Selbstvertrauen.

Wenn du nicht an dich glaubst, schaffst du es auch nicht. Deine Eltern können dir nicht verbieten, deine Träume wahr werden zu lassen. Und wenn du es schaffst, kannst du deinen Eltern vielleicht zeigen, wer du wirklich bist und was du über alles liebst. Solltest du für die Anmeldung an so einer Schule eine Unterschrift brauchen, ruf mich an. Ich schaff es, alle Unterschriften zu fälschen."

Ich musste grinsen. So eine Antwort zu bekommen, tat gut. Ab und zu brauchte ich jemanden, der mir Hoffnung gab. Im Gegensatz zu meinen Eltern, die einem alles, was ihnen nicht passte, auszureden versuchten.

Wir verließen das Zimmer, doch an der Tür stoppte Benny mich noch einmal kurz, indem er mich an der Schulter fasste. „Holly, egal, was passiert, bleib du selbst, kämpfe um deine Träume und glaub an dich. Du kannst das schaffen. Das weiß ich."

Ich lächelte. „Danke, Benny."

Nach dem Frühstück blieben wir alle sitzen, denn Yve wollte uns noch etwas mitteilen. Sie verließ kurz den Raum und holte Stift und Papier. Dann stellte sie sich vor uns auf und fing an zu reden: „Es war mir eine Freude, euch alle bei mir zu haben, doch ich glaube, ihr müsst weiterreisen. Tut Mila einen riesigen Gefallen, indem ihr ihr helft, ihren Vater zu finden. Ich weiß, dass es ihr größter Traum ist. Bitte begleitet sie auf ihrer weiteren Reise." Jetzt schaute sie zu Benny und meinte: „Du bist der Älteste. Kann ich dir vertrauen, dass du die anderen sicher führen wirst?"

„Jawohl, Madam."

„Du hast die Verantwortung." Jetzt wandte sie sich Mila zu und gab ihr das Stück Papier, auf das sie kurz vorher etwas geschrieben hatte. „Hier ist die Adresse. Dort müsstet ihr Christoph finden. Ich wünsche mir so sehr, dass du Erfolg hast." Sie machte eine kurze Pause. Dann fiel ihr noch etwas ein. „Ich schreibe euch noch eine Adresse auf. Das liegt auf dem Weg. Dort könnt ihr übernachten. Ein alter Freund von mir wohnt da. Sagt ihm einfach, dass ihr Freunde von mir seid. Erzählt ihm, wohin ihr wollt und was eure Geschichte ist. Das wird ihn begeistern. Sein Name ist Anthony Moreau."

Als wir eine Stunde später alles aufgeräumt und unsere Sachen wieder im Auto verstaut hatten, verabschiedeten wir uns von Yve. Sie drückte Mila fest an sich und flüsterte ihr etwas ins Ohr, das ich dennoch verstand. „Pass auf dich auf. Du findest ihn! Ich werde dich vermissen."

Yve war wohl sehr emotional. Das war doch kein Abschied für immer. Als sie sich von Mila gelöst hatte, stiegen wir ins Auto. Ich saß neben Mila und konnte so einen Blick auf das Papier mit der Adresse werfen. Wir mussten wieder zurück nach Deutschland. Es ging nach Strausberg. Dort würden wir hoffentlich Milas Vater finden. Los ging die Reise.

Diana

Juni 2016

In diesem Moment gab es nichts, was ich mir mehr wünschte, als Christoph zu finden. Ich wünschte es mir für Mila.

Benny saß am Steuer und düste über die Straßen. Mit seiner Sonnenbrille sah er schon hübsch aus. Sehr hübsch sogar. Er bemerkte, wie ich ihn die ganze Zeit von der Seite anstarrte, und grinste über beide Ohren.

„Na, haben wir mal wieder ein heißes Objekt vor Augen?"

Empört schlug ich ihn mit meinem Buch und schaute mich schnell um. Leider hatten es alle im Auto mitbekommen und lachten. Benny hielt sich die Hand an die Stelle, an der mein Buch ihn getroffen hatte, und schrie gespielt auf.

„Nimm die Hände ans Steuer, Benny. Keinen Bock, heute zu sterben", zischte Holly von hinten.

Das sah Benny anders, nahm die Hände vom Steuer und hielt sie nach oben. „Hoch die Hände – Wochenende."

Nachdem Holly ihm den Mittelfinger gezeigt und sich beleidigt nach hinten gelehnt hatte, erwiderte Benny nur: „Ganz ruhig, Madam. Ich werde dich schon nicht ins Grab fahren."

Jacob lehnte sich nach vorne zu mir und sagte lachend: „Kommen wir doch mal wieder zum wesentlichen Teil. Warum noch mal kannst du die Augen nicht von Benny nehmen?"

Benny schob seine Sonnenbrille ein Stück nach oben und schaute Jacob an. „Weil niemand so heiß ist wie ich. Kein Wunder, dass sie bei meinem Anblick schmilzt."

Jacob lachte. „Alter Macho, ey. Bis jetzt kannte ich echt niemanden, der selbstverliebter ist als ich."

Jacobs Kommentar fand ich eher weniger lustig und verdrehte die Augen. „Ohhh. Eine beleidigte Leberwurst sitzt neben mir."

„Benny, ich hasse dich", brachte ich mit zusammengebissenen Zähnen hervor.

„Ach, dass Diana ein Auge auf Benny geworfen hat, wissen wir doch schon lange. Seit ich euch einander vorgestellt habe", warf Mila nun ein.

Ich konnte nicht fassen, dass sie das gesagt hatte. „Nicht einmal du hältst zu mir?!" Ich schaute sie ungläubig an. Doch dann bemerkte ich, dass Mila ganz schön dicht an Jacob herangerutscht war und ihn die ganze Zeit lächelnd von der Seite ansah, und schlug zurück. „Ach, bist du etwa auf die dunkle Seite der Macht gewechselt?"

Jacob verteidigte Mila prompt und konterte: „Klar. Hier gibt es schließlich Kekse. Die dunkle Seite der Macht ist viel cooler." Provozierend hob er die Augenbrauen und schaute mich grinsend an.

„Oh, oh, Jacob, pass auf. Die beleidigte Leberwurst wird bestimmt gleich wütend und wütende Leberwürste sind ganz sicher nicht lustig."

Jetzt hatte ich echt die Nase voll. „Warum sind hier eigentlich alle gegen mich?"

Benny fing an zu singen: „Ein bisschen Spaß muss seeiiilln ..."

„Diana, du bist nicht allein. Nur ich bin das gewohnt, durchgängig von einem gewissen großen Bruder aufgezogen zu werden. Wir sollten die pinke Einhorngang gründen. Die ist viel cooler als die dunkle Seite der Macht. Wir sind eben die pinke Seite der Macht."

Begeistert von der Idee gab ich ihr High Five und schaute dann wieder auf die Straße.

Auch Benny blickte wieder konzentriert nach vorne. „Okay, Leute, ich fahre jetzt in die Zielstraße. Schaut mal bitte mit und schreit, wenn ihr Hausnummer 75 seht."

Wir fuhren die Straße entlang, die Hausnummern wurden zwar immer höher, aber die 75 war noch weit entfernt. Erst als wir um eine Kurve bogen und ans Ende der Straße kamen, sahen wir sie. Es war kein Reihenhaus, sondern stand alleine da.

„Oh, wow. Eine Bruchbude", sagte Holly enttäuscht.

Okay, Bruchbude war das falsche Wort. Es war ein großes Haus. Wirklich groß. Es war fast eine Villa. Aber auch ich hatte noch nie ein so heruntergekommenes Gebäude gesehen. An allen Wänden wuchs Moos und die Holzbalken sahen nicht mehr stabil aus. Die Fenster waren so dreckig, dass man kein Stück hindurchschauen konnte. Das Haus sah ein wenig so aus, als wäre hier seit Jahren niemand mehr gewesen.

Wir stiegen aus und gingen ein paar Stufen hoch, um zur Tür zu gelangen. Holly schrie auf, als sie gegen ein Spinnennetz lief.

Wir suchten vergeblich nach einer Klingel. Schließlich klopften wir einfach an die Tür. Es tat sich nichts und wir klopften noch einmal etwas lauter. Das Holz der Tür war so morsch, dass wir fast Angst bekamen, es würde durchbrechen.

Wir versuchten, durch die Fensterscheiben zu spähen, doch wegen des Drecks von außen und von innen sah man rein gar nichts. Wir konnten weder Licht erkennen, noch sahen wir irgendjemanden, der hier wohnte.

Benny ging die Stufen wieder nach unten und lief um das Haus herum. Wir folgten ihm. Es gab einen riesigen Garten, doch auch dieser sah aus, als wäre er vor Jahren das letzte Mal gepflegt worden. Moos und Blätter wuchsen an den Baumstämmen hoch. Weiter hinten im Garten konnten wir so eine Art Schuppen erkennen. Die Tür war nur angelehnt und so wagten wir, einen Blick hineinzuwerfen. Drinnen stand ein altes Auto. Nicht mal die Farbe konnte man erkennen, da es so eingedreckt war. Sonst lagen nur alte Gartengeräte im Schuppen. Nichts Besonderes war zu sehen.

Holly hatte sich weiter im Garten umgesehen und rief uns zu sich. Sie stand vor einem alten Stein und schwieg. Als ich mich neben sie stellte, musste ich schlucken. Es war ein Grabstein. Benny wischte den Staub und die Erde weg, sodass man die Inschrift lesen konnte.

Anthony Moreau
**25. Februar 1922*
†13. September 2013

„Er ist vor drei Jahren gestorben", flüsterte Holly.

„Gut", meinte Benny eher weniger geschockt.

„Warum gut? Er war Yves Freund!", schnauzte ich ihn an.

„Gut, weil jetzt das Haus leer steht." Er drehte sich um und ging wieder in Richtung Haustür.

Mila schrie ihm nach: „Benny, warte! Du kannst da nicht einfach reinspazieren."

Benny zuckte nur mit den Schultern. Wir liefen ihm schnell nach und sogar Jacob sah so aus, als wäre er nicht auf die Idee gekommen, einfach in das Haus zu gehen. Wir holten Benny ein, als er bereits vor der Tür stand und die Klinke runterdrückte. Tatsächlich ging die Tür auf. Benny schob sie einen Spalt auf.

Die Idee, einfach in ein verlassenes Haus einzubrechen, gefiel mir gar nicht. Zudem war die Vorstellung, hier zu schlafen, einfach nur verdammt gruselig. Der Hauseigentümer war gestorben. Doch meine drängendste Frage war, wieso Yve nichts davon wusste, dass ihr Freund gestorben war. Sie hatte offenbar jahrelang nichts von ihm gehört und war trotzdem davon ausgegangen, dass wir einfach bei ihm schlafen durften.

Ich verschränkte die Arme vor der Brust und stellte mich vor Benny. Er bräuchte mich nur leicht zu schubsen und ich würde rücklings in das Haus fallen. Der Gedanke ließ mein Herz höherschlagen. Ich wollte nicht in dieses Gemäuer hinein.

„Ich schlafe lieber im Zelt als in dieser Bruchbude", verkündete ich laut.

Benny lächelte und schob mich beiseite. Bei diesem Lächeln wurde ich weich und ließ die Arme sinken. Meine Haut brannte an der Stelle, an der Benny mich berührt hatte.

Er trat ins Haus, dann drehte er sich noch einmal zu mir um. „Komm schon. Lass uns ein Abenteuer erleben."

Benny

Juni 2016

Staub.

Staub.

Noch mehr Staub.

Ein Quietschen von Holly, die wieder gegen irgendwelche Spinnweben rannte.

Und eine quengelnde Diana, die sagte: „Och, Benny, du Idiot, ich will nicht in dieses beschissene Dreckshaus!"

So viele Schimpfwörter in einem Satz hatte sie noch nie gesagt. Ich grinste in mich hinein. Sie war schon süß, wenn sie sich aufregte. Ich konzentrierte mich wieder auf das Haus. Es war gar nicht so leicht, hier durchzukommen. Viele Möbel waren – warum auch immer – umgefallen und riesige Spinnweben waren von einer Ecke zur nächsten gespannt. Wir befanden uns immer noch in so einer Art Flur und versuchten, zur nächsten Tür zu kommen. Ich ging mit meiner Handytaschenlampe voraus, dicht gefolgt von Jacob. Dass die Mädchen noch hinter uns waren, war kaum zu überhören, da alle drei Sekunden ein Kreischen zu hören war.

Ich hatte eine Tür erreicht und öffnete sie. Quietschend flog sie auf. Ich staunte nicht schlecht. Vor mir lag das Wohnzimmer, das im Gegensatz zum Flur blitzeblank aufgeräumt war. Das Zimmer war sehr altmodisch eingerichtet, sah aber trotzdem wunderschön aus. Regale waren bis zur Decke mit Büchern gefüllt. Eine große Couch stand mitten im Raum. Sogar ein Kamin war vorhanden. Als die Mädchen neben uns zum Stehen kamen, konnte ich Dianas glücklichen Blick erkennen. Sie musste sich ja fast wie zu Hause fühlen bei den ganzen Büchern.

Wir gingen in das Zimmer hinein und sahen uns noch einmal genauer um. Auf einer Kommode standen einige Bilder. Wir betrachteten sie. Auf fast allen Bildern war ein alter Mann zu sehen. Vermutlich war das Anthony. Nur auf einem Bild war er nicht.

Es war ein Schwarz-Weiß-Foto, auf dem eine Frau in die Kamera grinste. Ob es seine Frau war oder nur eine Freundin, sein Kind oder eine unerfüllte Liebe, würden wir wohl nie herausfinden.

Weiter hinten befand sich ein Bild, auf dem Anthony und Yve zu erkennen waren. Sie standen vor Anthonys Haus. Es sah total anders aus als heute. Das lag aber wahrscheinlich nur daran, dass es mittlerweile über und über mit Moos bewachsen war und man noch nicht einmal die Farbe des Hauses erkennen konnte.

Jacob ging wieder Richtung Tür und drückte auf den Lichtschalter. Skeptisch richtete er seinen Blick auf die Deckenlampe. Sie flackerte kurz, dann ging sie aus. Das wäre auch zu schön gewesen. Es war verdammt dunkel hier. Nur meine Handylampe erhellte das Zimmer mit ihrem schwachen Schein.

„Lasst uns weiter das Haus erkunden. Vielleicht finden wir ja ein bisschen mehr über Anthony heraus", meinte Jacob, der sich schon in den Flur begab.

„Okay. Aber warte, vielleicht sollten wir lieber zusammenbleiben. Ich glaube, das Haus ist größer, als wir ahnen, und wir wollen ja nicht, dass eins unserer Mädchen verloren geht."

Nach diesem Kommentar erntete ich prompt tödliche Blicke von allen drei Damen, doch als ich zur Tür ging, folgten sie mir schneller als gedacht.

Rechts neben der Tür führte eine Treppe nach oben, wir beschlossen allerdings, erst einmal auf dieser Etage zu bleiben. Wir fanden eine riesige Küche mit einem Tisch, der viel zu groß war für nur eine Person. Keine Ahnung, was Anthony hier machte ... Pardon, gemacht hatte. Es war nicht so, dass ich an ein Leben nach dem Tod glaubte oder an den Himmel, aber die Vorstellung war schon witzig, dass er vielleicht gerade fünf Jugendliche von oben beobachtete, die gerade in seinem Haus herumschnüffelten. Na ja, so witzig fände er als Besitzer des Hauses das dann wahrscheinlich doch nicht.

Wir verließen den Raum und stießen nur noch auf zwei abgeschlossene Türen und eine Treppe, die in den Keller führte, doch aufgrund der Tatsache, dass wir nur wenig Licht hatten, wollten wir den Mädchen keinen Ausflug in den Keller antun, da sie so schon vor Angst beinahe starben, nur weil wir durch das Haus liefen. Dafür nahmen wir die schöne, breite Treppe, die nach oben führte. Auf den Stufen lagen teilweise eingestaubte Bücherstapel. Oben gelangten wir in einen relativ schmalen Flur. Warum er so eng war, verstand ich nicht ganz. Das Haus war doch so riesig. Links und rechts waren überall Türen. Wir beschlossen, einfach mit der ersten anzufangen, und öffneten sie.

Es war das Schlafzimmer von Anthony. Mehr als ein großes Bett stand eigentlich nicht im Raum. Karierte Vorhänge hingen vor den Fenstern. Ich ging auf sie zu und zog sie zur Seite, doch die Scheiben waren so verdreckt, dass man weder hinausschauen konnte, noch sehr viel Licht ins Zimmer hereinkam. Ein Wecker und ein Buch befanden sich auf einem Nachttisch neben dem Bett. Das Zimmer war eigentlich nichts Besonderes. Abgesehen davon, dass unter dem Fenster ein karierter Teppich lag und die Bettwäsche ebenfalls kariert war, war alles normal. Ein sehr eigenartiger Geschmack. Den Typ hätte ich gerne mal kennengelernt. Er war bestimmt cool drauf gewesen, auch wenn er alt war. Aber das musste ja nichts heißen. Yve war schließlich auch cool.

Ich stand immer noch am Fenster, als plötzlich ein eigenartiges, schrilles Geräusch ertönte. Wir zuckten alle fünf zusammen. Ich konnte die Anspannung im Raum fühlen. Stocksteif standen wir da. Was war das? War es möglich, dass es in diesem uralten, verlassenen Haus einen Telefonanschluss gab? Das schrille Klingeln hörte nicht auf. Schließlich zwängte ich mich durch die Tür an den anderen vorbei, die immer noch dastanden, als wären sie gerade versteinert worden.

Ich hatte eigentlich fast nie Angst. Aber das war schon gruselig, wenn der Hausbesitzer vor Jahren gestorben war und der Telefonanschluss noch funktionierte.

Ich leuchtete mit meiner Handytaschenlampe in den dunklen Flur hinein und konnte weiter hinten eine kleine Kommode erkennen. Wahrscheinlich stand das Telefon darauf. Ich war gerade auf dem Weg dorthin, als plötzlich etwas meine Hand berührte. Ich schrie auf und zog sie instinktiv weg. Es war nur Mila, die mir gefolgt war und es jetzt trotz der gruseligen Situation ganz schön witzig fand, dass ich mich so erschreckt hatte. Ich beleuchtete mit der Taschenlampe mein Gesicht, sodass sie an meiner Miene erkennen konnte, dass es nicht witzig war. Ihr Grinsen verschwand und wir näherten uns weiter dem Telefon. Wie konnte es sein, dass es so lange läutete?

Kurz bevor wir an der Kommode ankamen, verstummte das Klingeln. Wir blieben stehen und warteten ab. Eine Stimme ertönte. Es hatte also jemand auf den Anrufbeantworter gesprochen. Und es war keine Geringere als Yve, die sich nun zu Wort meldete.

„Hallo, ihr Lieben. Ich hoffe, ihr seid gut angekommen und habt das Haus gefunden. Ich habe schon lange nichts mehr von Anthony gehört, deswegen dachte ich, ich rufe mal an. Ja ... das war es eigentlich auch schon. Gute Nacht.“

Wir starrten uns an, bevor wir in schallendes Gelächter ausbrachen. Yve hatte uns einen richtigen Schrecken eingejagt. Nachdem sich die Situation zum Glück aufgelöst hatte, beschlossen wir, alle zusammen im Wohnzimmer zu schlafen und das Haus am nächsten Morgen so schnell wie möglich wieder zu verlassen.

Mila

Juni 2016

Es war ein entspannter Abend, auch wenn das Haus immer noch ein wenig gruselig war. Wir hatten uns Pizza bestellt und saßen nun im Wohnzimmer. Diana hatte eine mit äußerst viel Käse erwischt und hob ihr Pizzastück bis über ihren Kopf hoch, doch der Käsefaden hing immer noch unten an der Pizza fest.

„Ohne Scheiß, da ist viel zu viel Käse auf meiner Pizza!", moserte sie.

Holly sah sie fassungslos an. Sie als Vegetarierin sah das natürlich anders. „Das ist, als würde ich sagen: Da ist zu viel Geld auf meinem Konto."

Jetzt mussten wir alle lachen. Auch Diana, die ihren Kampf gegen den Käse mittlerweile gewonnen hatte.

Als ich Bennys Pizza kurz darauf genauer unter die Lupe nahm, fragte ich ihn skeptisch: „Was genau isst du da eigentlich?"

„Thunfisch mit Pilzen. Total super. Willst du mal probieren?"

Bähhhh! „Warte. Ich gehe mich kurz übergeben. Danach vielleicht", gab ich angewidert zurück.

Es war ein Abenteuer, hier in Anthonys Haus zu übernachten. Ein unvergessliches Abenteuer. Wir hatten Ende Juni und trotzdem war es extrem kalt im Haus. Wir suchten alles zusammen, was irgendwie aus Papier oder Holz war, und machten den Kamin an. Es war das erste Mal, dass es etwas Gutes hatte, dass Jacob rauchte, da wir ohne ihn kein Feuerzeug gehabt hätten. Wir hatten unsere Schlafsäcke mitten im Raum ausgebreitet und lagen nun dicht nebeneinander am Kamin. Neben mir hatten sich Diana und Jacob niedergelassen. Ich lauschte noch kurz Dianas Atemzügen, dann drehte ich mich auf die andere Seite zu Jacob um. Er schlief noch nicht, sondern starrte die Decke an. Woran er wohl dachte?

Es war komisch, in einem Haus zu schlafen, in dem eigentlich niemand mehr wohnte. Zumindest hofften wir, dass hier niemand mehr wohnte, aber es sah nicht danach aus. Jacob drehte seinen Kopf zu mir und schaute mich lange an. Dann schloss er die Augen. Ich wusste nicht, warum ich es tat, aber ich nahm seine Hand und hielt sie fest. Er öffnete seine Lider noch einmal und lächelte leicht. Es war dunkel, doch durch das Kaminfeuer hinter uns konnte ich seine Augen trotzdem erkennen. Und sie waren wunderschön.

Er schloss sie wieder und ich spürte, wie er mit seinem Daumen über meine Hand strich. Ich richtete meinen Blick auf die Decke und dachte an die letzten Tage zurück. Es war die schönste Zeit meines Lebens gewesen. Begleitet von einem Gefühl der Freiheit. Ich war mit Freunden zusammen und wir fuhren quer durch Deutschland und Italien. Ich war an niemanden gebunden. Keine übervorsichtigen Großeltern, die einem dauernd irgendetwas verboten.

Bald würde ich meinen Vater sehen. Meinen wirklichen Vater. Yve hatte mir ein Bild von Christoph mitgegeben, damit ich ihn wenigstens halbwegs erkennen würde. Einerseits freute ich mich riesig, ihn zu treffen, andererseits hatte ich unfassbare Angst davor. Was, wenn er mich in seinem Leben nicht haben wollte? Was, wenn er noch nicht einmal vom Tod meiner Mum wusste und ich ihm diese grauenvolle Nachricht überbringen musste? Was, wenn ich ihn dort überhaupt nicht fand? Ich verspürte Angst und Nervosität, wenn ich an all das dachte.

Schnell schloss ich die Augen und versuchte, auf andere Gedanken zu kommen. Er musste mich mögen. Ich war schließlich das Kind seiner großen Liebe. Aber was, wenn er mittlerweile eine neue Freundin hatte? Das hoffte ich nicht. Er durfte meine Mum nicht vergessen haben. Das durfte er einfach nicht. Sie hatte ihn geliebt ...

Mit diesem Gedankenchaos schlief ich ein.

Am nächsten Morgen packten wir unser gesamtes Zeug zusammen, sodass wir keine Spuren unseres Aufenthalts hier hinterließen. In das Obergeschoss trauten wir uns nicht noch einmal. Ich war der festen Überzeugung, dass es dort oben spukte. Auch wenn mir klar war, dass es keine Gespenster gab, war das gestern Abend doch ein wenig gruselig gewesen.

Wir stiegen in das Auto und Diana, die nun am Steuer saß, drehte den Schlüssel herum, als ein Knall zu hören war. Ich zuckte zusammen. Was war das denn gewesen?

„Da lässt man die Frauen einmal etwas alleine machen, schon geht

alles kaputt." Benny verdrehte die Augen und stieg aus, um nach-
zuschauen, was los war.

Mich übermannte unterdessen Unruhe. Wenn das Auto jetzt kaputt war, kamen wir weder nach Hause noch zu meinem Vater. Und
das wäre alles andere als gut. Ich musste meinen Vater sehen.

Benny stand draußen vor der Motorhaube und kratzte sich am
Kopf. Dann kam er wieder zu uns und öffnete die Tür. „Ähm,
Leute, ich habe ungefähr genauso viel Ahnung von Blauwalen wie
von Autos. Wir können also entweder den ADAC anrufen oder wir
müssen eine andere Lösung finden, wie wir zu Christoph kommen."

Na super. Wir hatten weder Zeit noch Geld für den ADAC.

Nachdem wir alle aus dem Auto ausgestiegen waren, standen wir
relativ ratlos herum.

„Wir können versuchen, per Anhalter vorwärtszukommen, allerdings bezweifle ich, dass jemand fünf Plätze im Auto frei hat."

Diana hatte recht. Es war praktisch unmöglich, jemanden zu
finden, der mit einem Kleinbus durch die Gegend fuhr. Die Idee
konnten wir also knicken.

Jacob, der bis eben neben mir am Auto gelehnt stand, richtete sich
auf. „Wartet kurz. Ich glaube, ich habe eine Idee", murmelte er und
verschwand hinter dem Haus. Fragend schauten wir anderen uns an
und warteten, bis er zurückkam. Als er wieder auftauchte, begann
er, seine gar nicht so dumme Idee zu erklären. „Ich habe in der Garage nachgeschaut. Die ist hinter dem Haus. Dort steht ein altes,
wunderschönes rotes Auto. Ich weiß nicht, ob es noch funktioniert,
aber einen Versuch ist es wert, oder?"

Jetzt nahm auch Benny Haltung an und straffte sich. „Du bist
genial, Jacob!", rief er, als er schon auf die Garage zusteuerte.

Als Benny deren Tor öffnete, kam tatsächlich ein rotes Auto
zum Vorschein. Ein Cabrio, um genau zu sein. Es sah gar nicht
so schlecht aus. Anthony hatte echt Stil gehabt. Benny ging zur
Fahrertür und setzte sich ans Steuer. Er versuchte, den Motor zu
starten, und tatsächlich sprang er nach drei Versuchen an. Wir ju-
belten auf. Das war unsere Rettung!

Benny fuhr den Wagen vorsichtig aus der Garage und stoppte ihn
neben unserem Auto. Ein paar unserer Sachen mussten wir zurück-
lassen, da zum Beispiel unsere Schlafsäcke einfach keinen Platz in
dem kleineren Cabrio hatten. Wir saßen wirklich sehr gequetscht

auf dem Rücksitz. Als wir alle angeschnallt waren, trat Benny auf das Gaspedal und fuhr auf die Straße. Diana hatte ihr Handy mit einem Navigationssystem in der Hand, um Benny den Weg zu weisen.

Nach ein paar Minuten kamen wir auf eine Landstraße. Kein anderes Auto war weit und breit zu sehen und so fuhr Benny ein bisschen schneller. Wir hatten das Dach weggeklappt, sodass uns der Wind nur so ins Gesicht peitschte. Ich streckte mit Jacob und Holly die Arme in die Luft. Meine Haare wehten im Wind. So ein unglaubliches Freiheitsgefühl hatte ich noch nie in meinem Leben verspürt.

Juni 2016

Es wäre ja zu schön gewesen, wenn alles gut gegangen wäre. Zu schön, um wahr zu sein. Aber nein, es konnte sogar noch schlimmer kommen. Wir standen mit einem Auto, das nicht uns gehörte, in der Pampa. Wir hatten weder Akku noch Empfang mit dem Handy und somit auch kein Navigationssystem. Selbst das Benzin war fast alle. Links und rechts von uns erstreckten sich nur Felder. Ab und zu ragte mal ein Baum in die Höhe, aber das machte die Situation auch nicht besser. Von anständigen Straßen und Autobahnen waren wir irgendwie abgekommen. Und absolut keiner von uns hatte eine Ahnung, wohin wir fahren mussten.

Warum kam hier denn auch kein Mensch entlang?! Wir standen immerhin auf einer Landstraße.

Ich öffnete meine Tür, da ich eigentlich aussteigen wollte. Das Erste, was ich sah, waren Erde, Dreck und Feld. Das Zweite waren meine weißen Schuhe. Ich wollte lieber doch nicht aussteigen. Mich halb verrenkend hielt ich mein Handy in die Luft und suchte nach Empfang, doch es war hoffnungslos. Jacob und Benny durchforsteten das Innenleben des Autos auf der Suche nach einer Karte.

„Das kann doch nicht wahr sein. Wie kann man denn keine Karte im Auto haben?", stöhnte Benny.

Jacob hob seinen Kopf und schaute ihn an. „Du kannst mir nicht erzählen, dass du eine Karte im Auto hast."

Benny dachte nach. „Ähm … nein, aber …"

„Nichts aber. Du hast auch keine Karte im Auto!"

Plötzlich grinste Benny. „Ich nicht. Anthony aber."

Stolz zog er eine Straßenkarte aus einem Fach hervor. Er pustete sie an, da sie total eingestaubt war. Dann drehte er sie von links nach rechts und wieder von rechts nach links. Benny zog die Augenbrauen nach oben. „Wie zum Teufel finden wir jetzt heraus, wo wir sind?"

Ich schaute Mila und Diana an und wir mussten laut loslachen. Hatte er jemals zuvor eine Karte berührt?

„Gib schon her." Diana riss ihm die Karte aus der Hand, klappte sie auf und stellte schnell fest, wo wir waren. „Okay, unseren Standpunkt habe ich. Wie heißt der Ort, wo wir hinmüssen?"

Mila kramte in ihrer Tasche und holte den Zettel von Yve hervor. „Nach Strausberg. Strausberg bei Berlin."

„Okay, gut. Ich habe den Zielort gefunden. Bitte folgen Sie dem Straßenverlauf und biegen Sie in zehn Kilometern rechts ab", sagte Diana im Tonfall einer Navigationsstimme.

Benny grinste und setzte sich wieder ans Steuer. „Ein lebendiges Navigationssystem. Dass ich so was noch erleben darf!"

Diana schlug ihm gegen die Schulter und meinte grinsend: „Fahr endlich weiter."

Ich mochte diese Menschen. Schon wieder hatten wir eine aussichtslose Situation gemeistert, in der ich alleine verzweifelt wäre. Wir harmonierten gut miteinander, waren in der kurzen Zeit zu einem eingeschworenen Team geworden.

Nachdem wir wieder auf vernünftige Straßen gelangt waren und im allerletzten Moment eine Tankstelle gefunden hatten, herrschte wieder gute Stimmung bei uns. Wir hatten die Musik auf volle Lautstärke gedreht, sangen alle lauthals mit und feierten, dass wir in einem roten Cabrio durch die Gegend düsten.

Wir waren nicht mehr weit entfernt von Strausberg. Wir näherten uns Milas Vater. Und ich war mehr als glücklich.

Das Mädchen, das viel zu oft an Schminke und Klamotten dachte, war zur Vernunft gekommen. Es gab wichtigere Sachen im Leben. Freunde zum Beispiel, die immer füreinander da waren.

Ich riss die Hände in die Luft und schrie vor Glück.

Die letzte Hürde, Milas Vater zu finden, würden wir auch noch erfolgreich meistern.

Diana

Juni 2016

Normalerweise stellte ich mir immer alles vorher vor. Ich durchdachte alle möglichen Szenarien, die eintreffen könnten. Meistens passierte nichts davon, aber es beruhigte mich, vorher alles durchdacht zu haben. Doch dieses Mal hatte ich absolut keine Ahnung, was uns erwarten könnte. Ich hatte mich noch nie zuvor mit Soldaten beschäftigt. Wie zum Teufel sollten wir überhaupt in die Kaserne reinkommen? Außerdem wusste ich nicht, wie Christoph auf unser plötzliches Auftauchen reagieren würde.

Ich hatte immer noch die alte, eingestaubte Straßenkarte von Anthony in der Hand und versuchte, Benny damit einigermaßen den Weg zu beschreiben. Es war nicht ganz einfach, die einzelnen kleinen Straßen auf der Karte zu unterscheiden, aber ich gab mein Bestes. Es war nicht mehr weit bis zu der Kaserne und langsam wurde ich nervös. Ich wusste nicht, was auf mich zukam, und das machte mir ein wenig Angst. Ich hatte keine Vorstellung davon, wie sich Mila wohl fühlte. Sie war nur noch ein paar Kilometer von ihrem leiblichen Vater entfernt.

Was würde passieren, wenn es nicht so funktionierte, wie wir uns das vorstellten? Ich würde es nicht verkraften, einfach wieder nach Hause zu fahren, ohne Christoph gefunden zu haben. Und Mila noch weniger. Gerade jetzt brauchte sie ihren Vater mehr denn je.

„Wo müssen wir jetzt lang? Rechts? Links? Geradeaus?", fragte mich Benny.

Shit. Einmal mit den Gedanken woanders, schon hatte ich keinen blassen Schimmer mehr, wo wir waren. Schnell suchte ich die Straße auf der Karte.

„Diana, ich kann nicht mitten auf der Straße stehen bleiben. Wo lang?"

„Ja, ganz ruhig. Entspann dich. Rechts."

„Nicht streiten, ihr zwei", rief Holly lachend von hinten.

Ich verdrehte die Augen.

„Wir streiten nicht", sagten Benny und ich wie aus einem Mund. Jetzt mussten wir alle lachen. Gut, vielleicht hatte Holly gerade die Stimmung gerettet.

Wir fuhren noch um ein paar Ecken und bogen dann auf einen großen Parkplatz ab. Die hohe Mauer und der Stacheldrahtzaun waren das Erste, was mir auffiel. Es war ein wenig Angst einflößend. Wir stiegen aus dem Auto und schauten uns um. Ein riesiges Tor war das Zweite, was mir ins Auge stach. Links daneben war ein Schild, auf dem *Von-Hardenberg-Kaserne* stand.

Wir liefen zum Tor und ein Mann, der ein wenig grimmig schaute, starrte uns an. „Was wollt ihr hier? Das ist kein Kinderspielplatz." Er hatte eine tiefe, raue Stimme.

Ich schluckte. Der Typ machte mir Angst.

Mila trat vor. Respekt, dass sie freiwillig die Initiative ergriff. Aber ich war mir sicher, dass sie ebenfalls ein wenig eingeschüchtert von dem Mann war. „Ich würde gerne zu meinem Vater. Er arbeitet hier. Sein Name ist Christoph Mehrens."

„Das freut mich für dich. Aber du kommst hier trotzdem nicht rein. Denkst du, ich kauf dir diese Geschichte ab?"

Mila wich zurück. Es konnte nicht sein, dass wir jetzt einfach so gehen mussten. Ich sah meine Freundin an und nahm ihre Hand. Sie war den Tränen nahe. Das konnte ich sehen. Sie wollte nicht gehen, ohne ihren Vater gefunden zu haben. Und das würde ich auch nicht zulassen.

Benny versuchte es nun ebenfalls. „Hören Sie mal, wir sind extrem weit gefahren, nur um ihren Vater zu finden. Sie können ihn auch gerne hierher ans Tor holen. Wir müssen überhaupt nicht hineingehen. Tun Sie uns den Gefallen. Bitte."

„Er ist zurzeit nicht da. Ich kann leider nichts für euch tun", lautete die knappe Antwort.

Mila

Juni 2016

Was nun? Der ganze Weg konnte doch nicht umsonst gewesen sein?! Die konnten doch wohl mal eine Ausnahme machen. Sahen fünf Jugendliche etwa so aus, als würden sie gleich eine Bombe in der Kaserne hochjagen oder was? Ich wollte doch nur meinen Vater finden …

Nachdem wir mit hängenden Köpfen durch die Straßen gelaufen waren, setzten wir uns in ein kleines Café, das nicht weit von der Kaserne entfernt war. Keiner von uns sagte etwas. Eigentlich war es von vornherein klar gewesen, dass wir nicht einfach so in eine Kaserne spazieren konnten. Doch was sollten wir jetzt machen? Wir konnten nicht einfach wieder nach Hause fahren. Das ging nicht! Ich musste zuerst meinen Vater finden.

Wut stieg in mir auf. Ich war kurz davor, noch einmal zu dem Typen vor der Kaserne zu gehen. Dem würde ich meine Meinung sagen. Wir waren nicht umsonst etliche Kilometer gefahren. Definitiv nicht.

„Mila?" Diana sprach meinen Namen leise aus und es klang fast ein bisschen unheimlich. „Kann ich noch einmal das Bild von ihm sehen?"

Verwirrt blickte ich sie an. Ich reichte ihr das Bild von Christoph und sah aus dem Fenster. Eine Gruppe Soldaten in Uniform kam in das Café. Diana gab mir das Bild zurück. Dann nickte sie mit dem Kopf unauffällig in Richtung der Soldaten. Meine Augen schweiften über die Gruppe, bis sie an einem Mann hängen blieben. Mein Herz setzte einen Schlag aus. Ich saß wie erstarrt auf meinem Stuhl. Der Mann sah aus wie auf dem Bild, welches Yve mir gegeben hatte. Hilfe, was sollte ich nun machen? Dort vorne, ein paar Meter von mir entfernt, stand niemand anderer als mein leiblicher Vater. Die Männer lachten und machten sich gerade daran, den Laden wieder zu verlassen. Oh Gott, was sollte ich tun?

Diana stupste mich an. „Na los, geh zu ihm!", zischte sie.

Langsam stand ich auf. Meine Beine zitterten und ich hatte das Gefühl, jede Sekunde umzukippen. Ich ging zu der Gruppe Soldaten hinüber. Warum sahen Männer in Uniform eigentlich immer so streng und böse aus? Sie machten mir irgendwie Angst. Ich drehte mich noch einmal um und erntete auffordernde Blicke meiner Freunde, die mir sagen wollten, dass ich meinen Vater ansprechen sollte.

Ich atmete tief durch, dann ging ich um die Gruppe herum. Christoph stand noch an der Kasse. Die anderen warteten vermutlich auf ihn. Als er fertig war, trat ich zu ihm.

„Ähm ... Entschuldigen Sie, aber sind Sie Christoph Mehrens?" Meine Stimme zitterte und ich schaute ihn unsicher an. Er sah nett aus. Trotz seiner komischen Uniform.

Jetzt musterte er mich und ich wurde noch nervöser. „Ja. Was kann ich für dich tun?", fragte er schließlich. Er nickte seinen Freunden zu und machte ihnen verständlich, dass sie schon mal vorgehen sollten.

„Ich wäre Ihnen sehr dankbar, wenn wir uns vielleicht irgendwo in Ruhe unterhalten könnten", brachte ich hervor.

„Natürlich. Verzeih mir, wenn ich frage, aber kennen wir uns? Und du kannst mich ruhig duzen. Das geht in Ordnung."

Ich nickte, dann sagte ich zögernd und vermutlich viel zu leise: „Ich bin deine Tochter." Doch ich nahm an, dass er mich verstanden hatte.

Christoph starrte mich an und glaubte mir wahrscheinlich nicht. Was auch verständlich war. Da kam irgendein Mädchen zu ihm und behauptete einfach so, seine Tochter zu sein.

„Okay, komm mit." Er schlängelte sich durch eine Gruppe an Leuten, die gerade gekommen war. Das Café war wirklich sehr klein.

Ich versuchte noch, Diana einen Blick zuzuwerfen. Sie sah mich glücklicherweise und lächelte mir kurz zu. Dann versuchte ich hastig, Christoph zu folgen. Er hatte einen schnellen Schritt und schwieg auf dem Weg. Meine Nachricht hatte ihn wohl wirklich geschockt. Er steuerte auf den Typen zu, der am Eingang der Kaserne saß und mich grimmig ansah. Überraschenderweise ließ er uns hinein. Etwas anderes blieb ihm wahrscheinlich auch nicht übrig.

Ich lief Christoph immer noch hinterher und hatte nach zwei Sekunden keine Ahnung mehr, wo wir waren. Wir liefen um mehrere Ecken, gingen durch einige Türen. Irgendwann blieb Christoph vor einer Tür stehen. Er öffnete sie und trat ein. Das Zimmer war klein und sehr viel mehr als ein Bett und ein Schrank waren auf den ersten Blick nicht zu sehen. Christoph schloss die Tür und setzte sich auf das Bett. Er machte mir klar, dass ich mich neben ihm niederlassen solle.

„Also, wie kann es sein, dass du meine Tochter bist?"

„Du hattest früher eine beste Freundin. Lorena Kristin Doncaster. Sie war mal hier bei dir zu Besuch. Erinnerst du dich?"

„Aber natürlich. Meine geliebte Lorena", sagte er etwas verträumt.

Wie zum Teufel sollte ich ihm mitteilen, dass sie gestorben war?

„Nach diesem Treffen mit dir wurde sie schwanger", fuhr ich mit meiner Erklärung fort.

„Wie alt bist du, wenn ich fragen darf?"

„Ich bin vierzehn."

„Oh Gott. Über vierzehn Jahre ist das schon her? Du siehst ihr unglaublich ähnlich, weißt du das?"

Natürlich wusste ich das. Aber das von meinem Vater zu hören, machte mich verdammt glücklich.

„Warum hat sie mir nie etwas von dir erzählt?"

„Sie war mit einem anderen Mann verheiratet, wie du ja weißt. Auch er hatte zunächst keine Ahnung, dass ich nicht sein Kind war. Sie hat es niemandem gesagt. Jeder dachte, mein Vater wäre Tobias. Als der die Wahrheit herausfand, ist er abgehauen und hat uns alleine gelassen. Mum wollte dir sagen, dass du eine Tochter hast. Ich habe ihr Tagebuch gefunden. Deswegen weiß ich auch, dass du mein Vater bist. Warte kurz." Ich kramte in meiner Tasche und holte das Tagebuch heraus. Ich schlug es auf der letzten Seite auf. Dort hatte ich die herausgerissenen Seiten hineingelegt. Ich gab Christoph den letzten Tagebucheintrag.

Er las ihn sich durch, dann blickte er auf. „Aber das war 2006. Warum hat sie es mir nie gesagt?"

Ich starrte die weiße Wand vor uns an. „Weil sie bei einem Autounfall einen Tag nach dem Eintrag starb. Sie war auf dem Weg zu dir", sagte ich leise.

„Oh Gott. Sie lebt nicht mehr? Meine Lorena ... das tut mir so leid. Glaub mir das." Er schaute mich an, dann legte er seine Hand auf meine Schulter. „Hätte ich von dir gewusst, hätte ich sofort die Vaterschaft anerkannt. Wo bist du aufgewachsen?"

„Bei meinen Großeltern."

„Das ist wirklich hart ... meine Lorena ist nicht mehr am Leben. Sie war meine große Liebe, weißt du?"

Ich nickte nur und wischte mir über die Augen. Ich durfte jetzt nicht anfangen zu weinen.

„Weißt du, wenn es die schlechten Zeiten nicht gäbe, würdest du die guten nicht zu schätzen wissen, weil du sie als selbstverständlich hinnehmen würdest, doch das sind sie nicht. Schlechte Zeiten gehören genauso zum Leben wie die guten."

Damit hatte er recht. Ich lächelte ihn an.

„Du hast dieselben wunderschönen Augen wie Lorena." Er holte eine kleine Metallkiste unter seinem Bett hervor. „Die letzten Erinnerungen an sie."

Er öffnete die Kiste und ein altes Foto kam zum Vorschein. Von Mum und ihm. Und zahllose Briefe. Er reichte mir das Foto. Ich kannte das Bild noch nicht. Meine Mum stand einfach nur da und grinste in die Kamera. Ihre Haare waren zerzaust und wurden nach hinten geweht. Sie sah unglaublich glücklich aus.

„Ich habe oft Briefe an Yve geschrieben. Du kennst Yve?", fragte Christoph.

„Ja. Wir kommen gerade von ihr. Sie hatte die letzten Tagebuchseiten. Lange Geschichte."

Er lachte. „Wie geht es ihr?"

„Gut. Wir haben sie vermutlich schwer geschockt, als wir plötzlich vor ihrer Tür standen."

Er grinste. „Als ich damals zum Bund gegangen bin, wusste ich nicht, ob ich Lorena schreiben sollte. Ich wusste nicht, ob ich ihr meine Liebe gestehen sollte. Ich habe sie unglaublich vermisst. All das hier sind Briefe, die Yve mir geschrieben hat. Sag mal, weißt du eigentlich von Benny?"

„Ja. Er sitzt in dem Café mit den anderen."

„Oh. Ich muss ihn unbedingt kennenlernen. Ich war die ganze Zeit an Lorenas Seite, als sie mit ihm schwanger war. Und als er auf der Welt war, hatte ich ihn als Erster im Arm. Es war ein bisschen, als wäre ich der Vater. Schade, dass sie ihn weggeben musste. Ich hätte gerne gesehen, wie er aufgewachsen ist."

„Ja, er ist wirklich cool. Ich bin froh, dass ich ihn gefunden habe. Das gibt mir das Gefühl, ein Stück Familie zurückbekommen zu haben.“

„Und jetzt hast du auch noch mich gefunden. Wie heißt du eigentlich? Mila stand im Tagebucheintrag, oder?“

„Mila Lilian Doncaster.“

„Geschmack hatte Lorena. Der Name ist wunderschön.“

Ich lächelte. Ja, mit meinem Namen war ich auch recht zufrieden.

Wir unterhielten uns noch eine Weile und wurden immer vertrauter miteinander. Ich war so glücklich wie schon lange nicht mehr. Christoph war wirklich nett.

„Ich kann es nicht fassen, dass ich wirklich eine Tochter habe“, bemerkte er irgendwann noch einmal ungläubig.

„Ja, die Nachricht kam auch für mich etwas überraschend, aber ich musste dich einfach finden.“

„Lieber überraschend als gar nicht. Da lebe ich vierzehn Jahre, ohne zu wissen, dass ich Vater eines so hübschen Mädchens bin.“

„Jetzt übertreib nicht.“ Ich musste lachen.

Wir unterhielten uns noch eine Weile, doch als wir sahen, dass es schon dunkel wurde, beschlossen wir, das Gespräch vorerst zu beenden. Ich musste zurück zu den anderen und schließlich wollten wir auch noch nach Hause fahren. Hier konnten wir nicht bleiben.

Christoph führte mich aus dem Labyrinth hinaus ins Freie. „Ich bin wirklich froh, dass du mich gesucht und gefunden hast, Mila.“

„Ich auch. Glaub mir, ich auch.“

Jacob

Juni 2016

Es waren schon ein paar Stunden vergangen, seit Mila mit Christoph mitgegangen war. Ich hatte ein bisschen Angst, dass sie total am Boden zerstört sein würde, wenn sie wiederkam. Wer wusste schon, wie er reagieren würde auf all die Neuigkeiten?

„Da kommen sie", sagte Diana und sah gedankenverloren nach draußen.

Hektisch drehte ich mich um. Die Tür des Cafés ging auf und Mila kam mit Christoph herein. Gott sei Dank, sie sah nicht traurig aus. Ganz im Gegenteil, sie strahlte über das ganze Gesicht. Mila deutete auf Benny und stellte ihn Christoph vor. Benny stand auf und reichte ihm die Hand.

„Ich musste dich einfach kennenlernen. Ich hatte dich schon auf dem Arm, da warst du gerade ein paar Sekunden auf der Welt", erklärte Christoph ihm.

Mila stellte auch Diana, Holly und mich vor. Wir führten kein allzu langes Gespräch mit Christoph, denn bald darauf gingen wir zu unserem Auto. Okay, eigentlich war es Anthonys Auto. Es war schon lange dunkel und ich hatte keine Ahnung, wie viel Uhr es war. Wir stiegen in das Auto und warteten auf Mila, die ein wenig brauchte, bis sie sich von ihrem Vater verabschiedet hatte. Nachdem sie sich noch einmal umarmt hatten, kamen sie zum Auto.

„Leute, ich bin verdammt froh, dass ihr Mila geholfen habt, mich zu finden. Ich wäre niemals auf die Idee gekommen, eine Tochter zu haben. Danke euch."

Damit verabschiedete sich Christoph und wir machten uns auf den Weg. Ich hatte Christoph zwar nur kurz gesehen, aber der Eindruck, den er bei mir hinterlassen hatte, war gut. Er kam unglaublich sympathisch rüber und Mila konnte stolz sein, so einen Vater zu haben. Ich starrte aus dem Fenster und hatte ein Dauergrinsen im Gesicht. Es freute mich, Mila so glücklich zu sehen.

Es war still im Auto. Niemand sagte etwas. Das lag zum größten Teil daran, dass es mitten in der Nacht war. Holly hatte ihren Kopf gegen das Fenster gelehnt und die Augen geschlossen. Diana saß vorne neben Benny, der das Auto fuhr, und rieb sich allé drei Sekunden die Augen. Schlafen konnte sie nicht, denn sie hatte wie bei der Hinfahrt die alte Karte von Anthony in der Hand und versuchte, Benny irgendwie an unser Ziel zu führen. Mila hatte ihren Kopf an meine Schulter gelehnt und schlief. Ich schaute nach draußen und starrte die Autobahnlichter an. Sehr viele Autos waren nicht zu sehen. Ich hörte dem Radio zu. Es lief gerade das Lied *Kartenhaus* von Adel Tawil. In Gedanken sang ich mit. Woher ich den Text auf einmal kannte, wusste ich nicht. Doch was ich wusste war, dass in diesem Moment alles gut war.

Benny

Juni 2016

Nach einer guten Stunde Fahrt hatten wir Berlin erreicht. Langsam bog ich in die Straße von Mila, Jacob und Holly ein. Diana hatte ich schon zuvor rausgelassen. Das Auto kam zum Stehen und Jacob und Holly sprangen sofort hinaus. Sie verabschiedeten sich hastig, um schneller in ihre Betten zu kommen.

Mila hingegen blieb sitzen und machte keinerlei Anstalten aufzustehen. Als wir alleine waren, ergriff sie das Wort. „Benny, ich muss kurz mit dir reden."

„Okay. Hau raus, was gibt es, Schwesterherz?"

„Draußen, bitte. Lass uns ein wenig laufen."

Ich hatte keine Ahnung, was sie wollte, doch ich folgte ihr brav. Die Stimmung zwischen uns war bedrückend und irgendetwas sagte mir, dass sie keine guten Nachrichten hatte. Wir liefen zunächst schweigend die Straße entlang. Der nächtliche Himmel sah aus, als würde er gleich die schweren Wolken über unseren Köpfen ausleeren.

Mila blieb stehen und fixierte mich. Ihre Augen strahlten eine gewisse Unendlichkeit aus. Man verlor sich regelrecht in ihnen. Doch nun strahlten sie nicht so wie sonst. In ihnen spiegelte sich Traurigkeit wider.

Ich ertrug es kaum, sie so zu sehen, und sagte: „Vorhin warst du noch so glücklich mit deinem Vater und jetzt siehst du unfassbar traurig aus. Du weißt, du kannst mir alles sagen. Was ist los?" Ich ging zwei Schritte auf sie zu, doch sie wich aus.

„Ich muss dir wirklich etwas sagen. Und es ist alles andere als eine gute Nachricht."

„Was ist es? Ich verkrafte es schon."

„Ich werde sterben."

Ich starrte sie perplex an. „Bitte?" Ich hatte mit allem gerechnet, aber nicht mit so einer Nachricht. Nein, das konnte nicht wahr sein!

„Benny, ich bin krank. Schon eine ganze Weile. Unheilbar. Na ja, vielleicht wäre es heilbar gewesen, aber ich habe die Behandlung abgebrochen, weil es mir wichtiger war, Mums Traum zu verwirklichen. Ich weiß, du verstehst das vielleicht nicht ...“

„Was ist es?“, unterbrach ich sie.

„Krebs.“

„Du bist krank.“

„Ja. Das sagte ich bereits.“

„Nein, geisteskrank.“

„Ja, das vielleicht auch.“ Sie brachte ein schwaches Lächeln hervor.

„Wieso hast du mir das nicht gesagt? Die ganze Zeit über nicht?“

„Ich hatte Angst.“

„Angst wovor?“

„Vor deiner Reaktion. Dass du sauer wirst, weil ich es dir erst so spät sage. Und die größte Angst hatte ich davor, als Krebskranke abgestempelt zu werden. Ich wollte einfach nur Mila sein. Ich wollte ich selbst sein. Und nicht die, um die man sich ständig sorgen muss, weil sie krank ist. Verstehst du das?“

Sie hatte recht. Jeder wäre krank gewesen vor Sorge und hätte alle zwei Sekunden nachgefragt, wie es ihr ginge und ob alles okay sei.

„Wie kann es sein, dass deine Großeltern dir erlaubt haben, diese Reise zu machen und die Behandlung abzubrechen? Sie haben doch schon ihre Tochter verloren. Jetzt werden sie auch noch ihre Enkelin verlieren. Wie hart muss das denn sein?“

„Ja, das muss hart sein. Aber es war nie sicher, dass die Behandlung wirklich etwas bringt. Also habe ich beschlossen, lieber meine Ziele zu erreichen, um glücklich zu sterben. Irgendwann haben sie das eingesehen. Auch wenn sie nicht die gleiche Entscheidung getroffen hätten wie ich.“

Wir gingen zu einer Bank und setzten uns. Lange schwiegen wir und schauten in den nächtlichen, wolkenverhangenen Himmel.

„Ich werde dich vermissen, wenn du nicht mehr da bist. Du wirst mir fehlen, Kleine.“

„Du mir auch. Definitiv.“

Holly

Juni 2016

Jacob betrat mein Zimmer und setzte sich auf mein Bett. Ich war schon bettfertig und wollte gerade schlafen gehen. Ich setzte mich auf und schaute ihn an. Vor ein paar Tagen waren wir von unserer Reise zurückgekommen. Es war die beste Zeit meines Lebens gewesen, auch wenn wir jetzt Hausarrest hatten, weil unsere Eltern es nicht so toll fanden, dass wir einfach abgehauen waren. Das war sogar irgendwie verständlich. Ich konnte noch immer nicht so ganz verstehen, dass Mila bald von uns gehen würde. Diese Nachricht hatte mich wirklich umgehauen. Ich hatte sie so sehr in mein Herz geschlossen. Trotzdem hatte mich unsere Reise glücklich gemacht. Jacob hingegen war seit Tagen schon komplett neben der Spur. Und jetzt kam er zu seiner kleinen Schwester und wollte, so wie es aussah, reden. Das war wirklich noch nie vorgekommen.

Erwartungsvoll sah ich ihn an. „Was gibt's?"

„Weißt du, sie hat mein komplettes Leben verändert."

Ich wusste genau, dass er von Mila redete. Er war bis über beide Ohren in sie verknallt.

„Sie hat mich zu einem besseren Menschen gemacht. Weißt du, Partys und Alkohol, das war früher mal wichtig. Aber jetzt ... ich habe mich verändert. Meinst du nicht? Irgendwie wusste ich das von Anfang an. Als ich sie das erste Mal gesehen habe. Sie ist etwas Besonderes ..."

„Jacob!" Ich versuchte, ihn zu unterbrechen. Doch erst beim zweiten energischen „Jacob!" reagierte er.

„Was?", schrie er fast ein wenig zu laut.

Hilfe. Was war denn mit dem los? „Warum erzählst du das alles deiner kleinen Schwester? Warum mir?"

„Weil ich mit jemandem darüber reden muss", gab er zurück.

„Nein. Du musst nicht mit jemandem darüber reden. Du musst mit ihr darüber reden. Mit Mila. Nicht mit mir!"

„Was soll ich ihr denn sagen?“

„Genau das, was du mir eben gesagt hast. Jacob, sie ist nicht mehr lange am Leben. Du hast nicht mehr so viele Chancen, ihr das zu gestehen. Mach es. Bitte!“ Ich legte meine Hand auf seine Schulter. Das hatte ich noch nie zuvor gemacht. Ich schaute ihn eindringlich an. „Rede mit ihr.“

Er stützte seine Arme auf den Knien ab und vergrub sein Gesicht in seinen Händen. Wahrscheinlich hatte er noch nie zuvor einem Mädchen seine wahren Gefühle offenbart.

Aber ich wusste, er brauchte Mila. Und er konnte sie sowieso nicht für immer festhalten. Er musste einfach zu ihr gehen. Und wenn ich ihn persönlich zu ihr tragen musste.

Jacob

Juni 2016

Ich saß mit Mila vor ihrem Haus. Es war gefühlt mitten in der Nacht. Zumindest war es schon dunkel. Aber wir konnten beide nicht schlafen. Und ich musste dringend mit ihr reden, also war sie extra noch einmal rausgekommen.

„Mila, ich weiß, ich kann dich nicht für immer haben, deswegen wollte ich dir wenigstens Danke sagen. Du hast mich zu einem besseren Menschen gemacht, weißt du. Und ich verkrafte es nicht, dich gehen zu lassen. Jetzt wo ich dich gerade erst gefunden habe. Und glaub mir, ich habe noch nie zuvor einem Mädchen so etwas Kitschiges gesagt."

Sie fing an zu grinsen. „Das hast du schön gesagt, Jacob. Und ja, ich werde dich auch schrecklich vermissen. Weißt du noch, als ich oben auf dem Dach saß und du zu mir hochgekommen bist? Ich hatte in dem Moment tatsächlich irgendwie gehofft, dass du dich zu mir gesellen würdest. Zumindest hatte ich gehofft, dass wir irgendwie in Kontakt treten würden. Als ich dich das erste Mal hier draußen neben deinem Motorrad im Regen stehen sah, hast du mich irgendwie in deinen Bann gezogen. Seitdem habe ich dich nicht mehr aus meinem Kopf bekommen."

Jetzt musste auch ich grinsen. „Ging mir ähnlich. Sehr ähnlich sogar. Holly hat mich zu dir geschickt. Sie meinte, ich sollte dir unbedingt meine Gefühle gestehen."

„War auch gut so. Obwohl es für uns kein wirkliches Happy End geben kann."

„Aber das hier ist unsere Geschichte und jede Geschichte braucht ein Happy End."

„Nein. Wir sind hier nicht in einer Geschichte. Das ist die Realität. Das Leben."

„Das ist nicht fair", murmelte ich.

„Das Leben ist noch nie fair gewesen. Ganz im Gegenteil. Aber wenn man das Beste daraus macht, kann man ein glückliches Leben führen.“

„Wie kann daraus noch ein glückliches Leben werden?“

„Das Leben genossen zu haben, reicht manchmal schon, um glücklich zu sein.“

Ich dachte über ihre Worte nach. Irgendwie hatte sie recht. Aber ich wollte sie trotzdem nicht gehen lassen. Wie sollte ich das nur verkraften, ohne wieder abzustürzen und Alkohol ohne Ende zu trinken?

Es war ein trauriger Moment. Ich wusste nicht, wie lange ich sie noch bei mir haben würde. Es war möglich, dass es ihr schlagartig schlechter ging. Ihre Großeltern würden sie ins Krankenhaus fahren und dann wäre sie für immer weg. Weg aus meiner Welt.

Ich verabschiedete mich von ihr und drückte sie noch einmal fest an mich.

„Verabschiede dich nicht. Ich gehe nicht. Nicht wirklich“, raunte sie mir zu.

„Aber du wirst irgendwann nicht mehr da sein. Nicht mehr hier neben mir, und genau das bricht mir das Herz.“

„Ich werde immer bei dir sein. Hier drinnen. In deinem Herzen. Das habe ich dir versprochen. Und ich werde dein Herz zusammenhalten, damit es in schweren Zeiten nicht auseinanderbricht. Ich bin dafür da, dich an die guten Zeiten zu erinnern.“

„Danke, Mila. Ich werde dich niemals vergessen.“

Diana

Juni 2016

Ich schaute in den Himmel. Es war eine klare Nacht und die Sterne funkelten. Die Lichter in den Fenstern erloschen langsam und eine dunkle Stadt kam zum Vorschein. Die Sterne wurden immer heller, je mehr Lichter verglommen. Meine Gedanken schweiften zu Mila. Ich kam nicht damit klar, dass sie bald nicht mehr bei mir sein würde. Ich war praktisch mit ihr aufgewachsen. Eine der wichtigsten Personen in meinem Leben würde bald nicht mehr da sein. Der Gedanke war unglaublich hart und der Schmerz traf mich wie ein Keulenhieb.

Ich hörte Schritte hinter mir. Erst als die Person meine Hand ergriff und sich neben mich stellte, drehte ich mich um und blickte in die wunderschönen Augen von Benny. Er war ein Goldstück und ich konnte Mila nicht genug dafür danken, dass sie ihn in mein Leben gebracht hatte. Seine Augen glänzten und ich konnte mich selbst in ihnen sehen. Auch in meinen bildeten sich Tränen und ich schaute schnell weg. Abgesehen von den leicht glänzenden Augen wirkte Benny nicht so traurig, wie ich es war.

„Bist du nicht traurig, dass Mila ..." Meine Stimme fing an zu zittern und ich brach ab. Er würde schon wissen, was ich meinte. Bedrückt sah ich auf den Boden.

„Nein, irgendwie nicht. Natürlich werde ich sie vermissen, nachdem ich gerade erst erfahren habe, dass sie meine Halbschwester ist. Aber sie hat mir so viel beigebracht in der kurzen Zeit, und wenn ich das auf sie beziehe, weiß ich, dass sie ihr Leben ausgekostet und das geschafft hat, was sie sich als Ziel gesetzt hat. Und genau darauf kommt es im Leben an. Dass man glücklich ist, wenn man stirbt. Dass man sein Leben gelebt hat. Ihr größter Wunsch war, dass sie ihren Vater wenigstens einmal in ihrem Leben sieht, und das hat sie. Ich glaube, im letzten Monat haben wir alle zusammen ihr die schönste Zeit geschenkt, die sie jemals hatte. Wir können dem Tod nicht ausweichen. Irgendwann trifft es jeden von uns. Manche früher, manche später. Deswegen müssen wir jeden Tag zu etwas Besonderem machen und ihn so leben, als wäre es unser letzter. Und genau das hat Mila in der letzten Zeit getan und wir haben ihr dabei geholfen. Sie ist glücklich mit ihrem Leben, deswegen ist es nicht schlimm, dass der Tod sie nun holt. Sie kann vor dieser Krankheit nicht fliehen. Das ist unmöglich."

Ich schaute ihn noch lange an, sagte aber nichts. Er hatte recht und in dem Moment konnte er mich ein wenig beruhigen.

Die Stille wurde durch den leisen Klang meiner Stimme unterbrochen. „Sie war wie eine Schwester für mich, weißt du?"

„Ja, das weiß ich. Und das wird sie auch immer bleiben. Nur weil sie vielleicht körperlich nicht mehr bei dir ist, heißt das nicht, dass sie auch aus deinem Herzen verschwindet."

Er schaute mich lange an, dann wanderte sein Blick zu meinen Lippen. Wir waren uns in den letzten Wochen näher gekommen und ich musste mir eingestehen, dass ich diesen Jungen liebte.

Als hätte er meine Gedanken gelesen, beugte er sich zu mir herunter, bis seine Lippen zart auf meinen lagen. Ich war anfangs etwas verwirrt, aber ich erwiderte den Kuss.

Ich lächelte ihn an, als wir uns voneinander gelöst hatten, und auch er grinste von einem Ohr bis zum anderen. Der Kuss hatte mir gutgetan. Die letzten Tage waren alles andere als einfach für mich gewesen.

Als sich unsere Lippen erneut gefunden hatten, spürte ich, wie Tränen aus meinen Augen liefen. Erschrocken wich Benny zurück. Ich lächelte und das verwirrte ihn wohl noch mehr.

„Traurig?", fragte er leicht zögernd.

Das stimmte nicht ganz. Es war keine leichte Zeit für mich und ja, tief in meinem Herzen war ich traurig wegen Mila, trotzdem verspürte ich noch ein anderes Gefühl. Etwas anderes als Trauer.

„Nein, ich bin glücklich", hauchte ich.

Mila

Hallo Dad,

irgendwie ist es komisch, dich mit Dad anzureden. Denn eigentlich kenne ich dich ja kaum. Doch ich bin froh, dich wenigstens einmal in meinem Leben gesehen zu haben. Lange Zeit wusste ich gar nicht, dass es dich gibt, bis ich Mums Tagebuch gefunden habe. Und auf einmal wusste ich alles. Nicht nur, was alles geschehen ist, sondern auch, was sie dachte und fühlte. Es war ein Schock für dich zu erfahren, dass Mum tot ist. Es tat mir im Herzen weh, dir das mitzuteilen, da du sie vermutlich genauso sehr geliebt hast, wie sie dich liebte. Es war die wahre Liebe mit ganzem Herzen zwischen euch. Bitte vergiss das niemals.

Einen Tag bevor sie starb, hatte sie beschlossen, dir die Wahrheit zu sagen in der Hoffnung, du würdest alles verzeihen, was damals zwischen euch schiefgelaufen ist. Doch leider konnte sie das nie in die Tat umsetzen. Sie kam nie bei dir an. Ein Autofahrer, der nicht aufpasste, und schon war alles vorbei. Sie schrieb, dass sie das Wichtigste in ihrem Leben machen müsste. Es war ihr unheimlich wichtig, dass du weißt, dass du eine Tochter hast. Dass das Kind nicht von Tobias ist, sondern von dir. Ich vermisse Mum so schrecklich.

Man findet nicht oft im Leben die wahre Liebe. Ich wünschte, ich hätte auch so eine Person, die ich über alles liebe. Aber dafür bin ich wohl noch ein wenig jung. Ich würde gerne auch so glücklich werden, wie ihr es hättet sein können. Doch das werde ich niemals. Dad, ich bin krank. Schon seit 366 Tagen. Krebs – unheilbar.

Seit einiger Zeit spüre ich, wie ich immer schwächer werde. Wie die Krankheit meinen Körper erobert. Wenn ich endgültig die Augen schließe, dann werde ich an dich und an Mum denken. Weil ihr einfach das Wichtigste in meinem Leben seid. Ich bin stolz, eure Tochter zu sein. Mein Lebensziel ist erreicht. Ich wollte dich finden und die Missverständnisse zwischen dir und Mum klären.

Dad, ich bin glücklich.

In Liebe Mila

Epilog

Liebe Mila,

es ist knapp zwei Monate her, dass du von uns gegangen bist. Wir haben den Schock jetzt langsam verdaut und unser Leben wieder einigermaßen im Griff. Nachdem wir uns letzte Woche endlich mal wieder alle getroffen haben, haben wir beschlossen, dir einen Brief zu schreiben. Eigentlich glaube ich ja nicht an so etwas wie ein Leben nach dem Tod, aber es tut verdammt gut, dir zu schreiben. Es ist, als wärst du noch da und würdest mir zuhören. Ich habe mich endlich getraut, mich an einer Tanzschule zu bewerben, und ich wurde tatsächlich angenommen. Nächste Woche beginnt so eine Art Testphase. Aber mittlerweile habe ich mehr Selbstbewusstsein und glaube, dass ich es an die Schule schaffen kann. Meine Eltern waren erst nicht so begeistert, dass ich mich, ohne sie zu fragen, dort beworben habe. Ich hatte eine Woche Hausarrest, dann haben sie sich damit abgefunden, wie es ist. Ich glaube, sie hatten einfach Angst, mich zu verlieren, wenn ich von zu Hause weggehe. Die Tanzschule ist so eine Art Internat. Am Wochenende kann ich aber immer nach Hause.
Manchmal braucht es einfach Mut, um seine Träume zu verwirklichen, schätze ich.
Außerdem muss ich dir Danke sagen. Und du glaubst gar nicht, wie sehr ich es bereue, dir das nicht mehr persönlich gesagt zu haben.
Ich glaube, du bist der Grund, warum wir alle so gute Freunde geworden sind. Du hast uns zusammengebracht. Danke dafür. Wir sind wie eine Familie geworden. So etwas ist unbezahlbar.
Du fehlst hier.
Deine Holly

Hey Schwesterherz,
ich wurde gezwungen, das hier mit der Hand zu schreiben, also erwarte nicht, dass es ein halber Roman wird. Du kennst mich.
Ich habe lange Zeit nach deinem Tod an meiner Hausarbeit geschrieben. Vielleicht um zu akzeptieren, dass ich dich gehen lassen

musste. Ich habe viel von dir gelernt und all das zusammengepackt in sehr viele Seiten. Letzte Woche wurde ich zu einem Professor von der Uni gerufen. Ich zitiere ihn: „Sie haben sich wochenlang nicht blicken lassen. Wo zum Teufel waren Sie? Aber Ihre Hausarbeit … top! So etwas Gutes habe ich lange nicht mehr gelesen.“

Der Wahnsinn, oder?

Früher hatte ich oft das Gefühl, dass ein Teil von mir fehlt. Ich habe das wirklich gespürt. Doch seit ich dich das erste Mal am Klavier gesehen habe, wusste ich, dass du es warst, die in meinem Leben gefehlt hat. Erst jetzt bin ich komplett.

Ich werde dich nie vergessen und dich für immer in meinem Herzen tragen.

Dein Bruder Benny

Hey,

um ehrlich zu sein, dachte ich, dass ich in eine tiefe Depression falle, wenn ich dich verliere. Natürlich war ich traurig wie jeder andere auch. Aber ich habe kein Frusttrinken gemacht, hatte keine einzige Flasche Alkohol in der Hand. Du kannst stolz auf mich sein. Außerdem rauche ich nicht mehr. Ich habe alle Zigaretten weggeschmissen, die ich noch hatte, und es tatsächlich geschafft, von einem Tag auf den nächsten aufzuhören. Es war hart, aber ich war mit Trauern beschäftigt.

Als du gesehen hast, wie ich von der Polizei nach Hause gebracht wurde, war ich eigentlich nicht direkt in ein Verbrechen verwickelt, trotzdem habe ich eine Scheibe eingeschlagen. Ich muss dafür Sozialstunden ableisten und habe angefragt, ob ich sie in einem Krankenhaus abarbeiten kann. In der Abteilung, wo krebskranke Kinder behandelt werden. Ich will einfach etwas Gutes tun.

Oh Gott, was hast du nur mit mir gemacht? Bevor ich dich kennengelernt habe, hätte ich niemals in meinem ganzen Leben so etwas geschrieben. Ich hätte überhaupt nicht freiwillig Papier und Stift für ein Mädchen in die Hand genommen.

Danke. Du hast aus mir einen besseren Menschen gemacht.

Ich hoffe, du schmeißt eine Party im Himmel und denkst an mich.

Dein Jacob

Hey meine Süße,

du weißt gar nicht, wie sehr du mir fehlst. Mein Leben war komplett zerstört, als ich dich nicht mehr hatte. Erst verliere ich deine Mum und dann auch noch dich. Ich habe mich zwei Wochen lang eingeschlossen und bin an meinen Tränen fast erstickt. Aber dann ist Benny wieder aufgetaucht und hat mich aus diesem schrecklichen Loch rausgeholt. Wir sind jetzt offiziell zusammen. Ohne dich wären wir uns niemals begegnet. Du hast uns praktisch zusammengebracht. Danke. Ich habe mittlerweile den Plan, meinen eigenen Buchladen zu eröffnen. Benny unterstützt mich dabei sehr. Und sogar meine Eltern haben eingesehen, dass ich meinen eigenen Weg gehen muss.

Ich werde den Tag nie vergessen, an dem ich dich das erste Mal im Kinderwagen gesehen habe. Das ist eine meiner wenigen Kindheitserinnerungen. Und auch meine schönste.

Du hast mit mir laufen gelernt. Wir haben immer zusammen gespielt und unzählige Abenteuer in deinem Garten erlebt.

Du bist tränenüberströmt zu mir gekommen, weil du realisiert hast, dass deine Mum nicht mehr da ist. Ich weiß noch, wie tapfer ich sein musste, in dem Moment nicht selbst zu weinen.

Du hast mir mit so viel Stolz deine Schultüte gezeigt, als du eingeschult wurdest. Sie war pink und war mit Prinzessinnen übersät. Das werde ich auch niemals vergessen.

Als du in der Grundschule das erste Mal in einen Jungen verknallt warst und direkt zu mir gekommen bist, weil du nicht wusstest, was du machen solltest, wird mir ebenfalls immer im Gedächtnis bleiben. Oder als wir eine ganze Schneemannfamilie auf der Straße gebaut haben und das Auto meiner Nachbarn nicht mehr aus der Ausfahrt herauskam. Immer wenn ich dir auf dem Klavier zuhören durfte, hast du anschließend vergeblich versucht, mir etwas beizubringen.

Die Abende mit heißer Schokolade in unserem Laden. Wie glücklich ich immer war, wenn die Ladenglocke ertönte und du vor mir standst. Die Zeit mit dir war wunderschön. Du bist immer wie eine Schwester für mich gewesen und das wirst du immer bleiben.

Oh, Mila, mir laufen gerade die Tränen herunter. Es macht mich so traurig, dich nicht mehr bei mir zu haben. Ich verspreche dir, ich werde mein Kind später nach dir benennen. Du warst und bleibst etwas Besonderes!

In Liebe Diana

Ein paar kluge Sätze zum Abschluss

Es ist nie zu spät, um neu anzufangen und um alle Fehler wiedergutzumachen. (Jacob)

Du kannst es schaffen, deine Träume wahr werden zu lassen. Glaube immer an dich. (Holly)

Manchmal muss man im Leben auch mal etwas riskieren, um richtig Spaß haben zu können. (Diana)

Sieh das Leben locker und nimm nicht alles zu ernst. Man kann sogar Hausarbeiten easy schaffen. (Benny)

Das Leben ist nicht fair und das kann man nicht ändern. Aber man kann das Beste daraus machen. (Christoph)

Wahre Liebe stirbt nie. (Lorena)

Sei dankbar für jeden Tag und nutze jede Sekunde. Das Leben kann schneller vorbei sein, als man denkt. (Mila)

Danksagung

Wen die Danksagung nicht interessiert, der kann ab hier das Buch zuklappen, aber ich würde sie trotzdem gerne schreiben, da es einfach so viele Menschen gibt, denen ich einmal Danke sagen muss.

Zunächst einmal bedanke ich mich bei allen, die mir auch nur bei der kleinsten Sache weitergeholfen haben. Es gibt Unmengen an Menschen, die mich, auch wenn es unbewusst war, weitergebracht haben. Die alle aufzuzählen, würde ein bisschen dauern. Deshalb fasse ich mich kurz und schreibe das hier allgemein.

Es gibt ein paar Menschen, die mich immer wieder aufgemuntert haben, weiterzuschreiben und nicht aufzugeben, auch wenn ich kurz davor war, weil ich Selbstzweifel hatte und nichts mehr gut fand, was ich schrieb. Genau diese Menschen haben mein Selbstbewusstsein gestärkt und ohne sie hätte ich es wahrscheinlich niemals so weit geschafft.

Auch gab es ein paar wenige, die mein Buch lesen durften, bevor es überhaupt auch nur ansatzweise fertig war. Ich bin dankbar für jeden, der sich die Zeit genommen hat, um all das zu lesen und um mir Rückmeldung zu geben. Doch noch dankbarer bin ich denen, die mir wirklich Sachen nannten, die ich ändern konnte, damit die Geschichte besser wird. Nur so kann man an sich arbeiten und sich verbessern.

Und zu guter Letzt würde ich gerne dir danken. Ja, genau, DIR. Wer auch immer gerade vor diesem Buch sitzt, ich danke dir, dass du es liest. Du machst mich damit zum glücklichsten Menschen der Welt, da mein Traum durch Leute wie dich in Erfüllung gegangen ist.

Die Autorin

Sina Wunderlich wurde 2000 in Hanau geboren und wohnt mit ihren Eltern und Brüdern in Seligenstadt. Sie hat lange Geige gespielt, zurzeit spielt sie Klavier und tanzt Standard. Bücher hat sie schon immer gerne gelesen, nun schreibt sie auch selbst mit großer Begeisterung.

Buchtipp

Barbara Tapsaco
Unter dem Dunst

ISBN: 978-3-96074-028-5
Taschenbuch, 588 Seiten

Samantha, aufgewachsen in der glänzenden Welt der Privilegierten über dem Dunst, Tochter des einflussreichsten Unternehmers und Ratsherrn der Stadt, hatte bisher ein unbesorgtes Leben. Doch das unheimliche Gefühl, beobachtet zu werden, dass da noch jemand ist, den sie nicht sieht, verstärkt sich immer mehr. Bis sie schließlich erfährt, dass sie mit den Geschehnissen in der Stadt mehr zu tun hat, als sie geglaubt hatte.

Kieran aufgewachsen in der Welt der Benachteiligten unter dem Dunst, wurde von ihren Eltern verstoßen, weil sie eine Formerin ist, und lebt nun zusammen mit anderen Begabten versteckt im Waisenhaus der Vereinigung, denn ihresgleichen werden vom Rat verfolgt. Als ihre große Schwester von einem Tag auf den anderen verschwindet, beginnt sie sich gegen die Herrschaft von oben aufzulehnen und ihre ungewöhnliche Macht als Formerin endlich zu akzeptieren.

www.ingramcontent.com/pod-product-compliance
Lightning Source LLC
LaVergne TN
LVHW091259190726
843491LV00001B/319

9 783861 967538